女儿的爱能够点亮妈妈的心灯

在妈妈心中开辟出一片花园

谢谢你是我妈妈

[韩] 宋贞林 著　盛辉 译

北京日报出版社

图书在版编目（CIP）数据

谢谢你是我妈妈 / (韩) 宋贞林著；盛辉译. — 北京：北京日报出版社，2024.3
ISBN 978-7-5477-4775-9

Ⅰ.①谢… Ⅱ.①宋… ②盛… Ⅲ.①散文集 – 韩国 – 现代 Ⅳ.①I312.665

中国国家版本馆CIP数据核字(2024)第032947号
北京版权保护中心外国图书合同登记号：01-2023-5690

엄마와 나의 모든 봄날들 Copyright ⓒ 2020 by Song Jungrim
All rights reserved.
First published in Korean by RH KOREA CO., LTD
Simplified Chinese Translation rights arranged by RH KOREA CO., LTD through May Agency
Simplified Chinese Translation Copyright ⓒ 2024 by Beijing Zito Books Co., Ltd.

谢谢你是我妈妈

责任编辑：	秦　姚
监　　制：	黄利　万夏
特约编辑：	曹莉丽　鞠媛媛　杨佳怡
营销支持：	曹莉丽
版权支持：	王福娇
装帧设计：	紫图装帧
出版发行：	北京日报出版社
地　　址：	北京市东城区东单三条8-16号东方广场东配楼四层
邮　　编：	100005
电　　话：	发行部：(010) 65255876
	总编室：(010) 65252135
印　　刷：	艺堂印刷（天津）有限公司
经　　销：	各地新华书店
版　　次：	2024年3月第1版
	2024年3月第1次印刷
开　　本：	787毫米×1092毫米　1/32
印　　张：	7.25
字　　数：	102千字
定　　价：	59.90元

版权所有，侵权必究，未经许可，不得转载

前言

父母为我们创造了幸福的童年，
我们也应该为父母打造完美的晚年。

圣-埃克苏佩里

当我的内心黯淡无光时，妈妈能为我点亮心火；当我离家的心因彷徨无法找到归途而不知所措想哭时，妈妈向我伸出温暖的双手。对我而言，妈妈就是这样的存在。

然而，现在妈妈已经不在了。我再也听不到妈妈的声音，牵不到妈妈的手，看不到妈妈的眼睛了，这个事实让我感到害怕、痛苦和难过。

那些令我们倍感后悔的事情，其实有很多都是因为我们什么都没做而导致的。妈妈去世后，因为没能在妈妈生前和她一起做那些想做的事情而后悔不已，这种后悔一直充斥着我的内心。

我后悔没有向妈妈多说一次"我爱你"，没有多抱抱她，没有背过她一次，没有多和她在一个被窝里睡觉，没有多和她出去旅游……

想念妈妈唠叨的时候，就会后悔当初没有把妈妈唠叨的那些话录下来。原以为想和妈妈一起做的事情全都做了，应该不会有遗憾了。但事实并非如此，我们没有一起做的事情还有很多很多。想想那些已经没有机会再和妈妈一起做的事情，惋惜、后悔和心痛，通通涌上心头。为什么我为妈妈做得那么少，都不及她为我做的1/4。

我们总是习惯说"以后"。以后挣了大钱，出人头地了一定好好孝顺妈妈……然而，妈妈却等不了我们那么久。在妈妈腿脚不好、心脏不再跳动之前一定要和她去旅行，一起做想要和她做的每一件事情。

在因突然有一天要面对与妈妈离别而陷入无尽的后悔之前，趁现在，还来得及，一定要和妈妈一起把想做的事情都做了。在妈妈身体还健康的时候和她一起创造美好的回忆，让这些回忆铸就更加坚强、自信的我们。

很多女性既是女儿又是妈妈，我也是。如今的我站在镜子面前，总会看到妈妈的样子，不由得心想：妈妈那时也这样孤独吧，妈妈那时也很辛苦吧……

本书对于未来会成为妈妈的女儿来说，安慰妈妈的时间就是安慰未来的自己的时间；对于世上所有的女儿和妈妈来说，就是一份要一起完成的心愿清单。

希望通过逐一实现清单里能让妈妈感到幸福而做的事，也能让身为女儿的你变得幸福。

愿这份心愿清单能充满为你带来幸福的魔法。

目 录

Chapter 1

与妈妈共度的平凡日常,都是幸福春日

写下"妈妈"的瞬间所产生的情感 … 2

一盆满是玫瑰花瓣与芳香的热水 … 6

妈妈成为共度新年的第一人选 … 11

与光同行的小郊游 … 15

母女二人的专属戒指 … 20

妈妈的幸福充电器 … 24

"亲情卡"的优缺点 … 28

妈妈和女儿是健康命运共同体 … 32

穿着漂亮衣服的幸福模样 … 35

如同给年幼的女儿读童话 … 38

Chapter 2

妈妈也是别人的女儿，也是别人眼中的少女

住在妈妈心里的少女 … 44

让妈妈的脸容光焕发 … 49

看清新世界 … 52

犹如新签约的专属模特 … 55

让 20 岁停留在妈妈的指间 … 60

能把您的女儿借给我吗 … 64

不叫表情符号，叫表情包 … 67

焕发青春光彩 … 72

妈妈也曾是记忆中的少女 … 75

人生就像少了 5 千克一样，完全不同了 … 79

Chapter 3

我们并肩而视的世界更加耀眼

这本书里有我的爱 … 86

开启共享感受之窗 … 88

和妈妈在 KTV 开场演唱会 … 92

母女观众的呐喊 … 94

人类身体呈现出的信息 … 98

大人并不一定是对的，难道不是吗 … 102

母女之间的"心有灵犀" … 107

妈妈，请再念一遍 R 和 L … 110

打架子鼓的女士 … 114

妈妈画中的我 … 116

Chapter 4

妈妈和女儿的爱也在蔓延

感觉到人生花样年华的瞬间 … 124

妈妈，谢谢你生下我姐姐 … 127

展示妈妈遗传的烹饪手艺 … 130

感谢你们陪在我妈妈身边 … 133

妈妈的恩师就是我的恩师 … 136

今天把我当成爸爸吧 … 138

妈妈扮演女儿，女儿扮演妈妈 … 141

不告诉儿媳，只传授给女儿的烹饪法 … 145

午后三点的曲奇代表的含义 … 149

我为妈妈的一生做证 … 154

Chapter 5

独自走过你走后的每一天

当随风飘来油菜花的香气时 … 160

至今难以忘怀的唠叨声 … 163

今天是玩真心话游戏的日子 … 165

家庭 CEO, 美丽的善英女士 … 169

开往最安全、最甜蜜的道路 … 173

树影为枕, 星光为棚 … 176

母女俩的校园游 … 180

谢谢你在我身边 … 183

到最后也别忘了我们 … 185

重新认识妈妈的瞬间 … 189

终有一天会为你实现的旅行 … 194

1 秒微笑的力量 … 197

献给赐予我春日的妈妈 … 200

妈妈为什么变得这么轻 … 203

谢谢你是我妈妈 … 205

后记

"妈妈"永远会是女儿心中最想呼喊的"名字" … 209

Chapter 1

与妈妈共度的平凡日常，
都是幸福春日

写下"妈妈"的瞬间
所产生的情感

#给妈妈写一封情书

感觉快要累倒的那天,我收到了妈妈亲笔写的信。她似乎早已猜到了我的状况,在信中用并不熟练的手法画了一轮满月。她是在告诉我,月亮只有历经过残月阶段才会成为满月。月亮不会永远是残月,也不会永远是满月,人生亦是如此,当痛苦累积到一定程度时就会迎来人生的满月。妈妈是为了让我撑过现在这段艰难时光才画的满月。

我抱着妈妈的信哭泣,并下定决心哭完就要笑得像满月一样灿烂。随后我给妈妈写了一封回信:"妈妈交代的事情，我一直都在努力做，所以一定会有好结果的，我的庭院也能开出艳丽的玫瑰花。"

有时候无法用言语表达的心意，却可以用信件来传递。

一天我听广播，主持人读了一封女儿写给妈妈的信，那是个一直在和妈妈生气的女儿。她说妈妈是在市场卖甜甜圈的，本来妈妈说太忙没办法参加自己学校的运动会，可没想到运动会那天妈妈竟突然出现在运动场上。妈妈远远地看到她，笑着跑过来，她却因为妈妈穿的是在市场工作的工作服，觉得丢脸而跑开了。

不久之后，妈妈突然离开了人世。原来妈妈患了癌症，即使已经到了晚期，妈妈也没有就医，一直在苦撑着。后来当她被送去急诊时，已经回天乏术，生命已无法挽回。

"妈妈，你真是个傻妈妈。我真的好生气，我们真的没法沟通。"即便妈妈已经离世，女儿依旧很生气。为什么过去总是对妈妈发脾气，总是对妈妈不耐烦？随着时间流逝，女儿对妈妈的歉意越来越深，同时也觉得妈妈的人生很可怜。虽然现在想道歉，却没有办法了，因此只能通过广播给妈妈写了封信：

> 妈妈，你在天上听着呢吧？我是你意外生下的老幺。现在我已经可以赚钱给你买礼物了，可你却不在了。早知道是这样，就应该对妈妈再好一点儿。还记得你是家里的"剩饭回收站"，总是把我们吃剩的东西全部吃掉。妈妈，希望你在那边不要再吃剩饭了，一定要吃新鲜的饭菜，一定要幸福。妈妈，虽然咱俩合不来，也无法沟通，但我还是好想你，我真的很爱你。

岁月从来不待人，妈妈也不会一直等我们长大。我们应该趁妈妈还在身边的时候给她写信，写一封浓情蜜意的情书，告诉她"有你真好"。

当妈妈在我们身边时给她写信，光是想想都让人感到非常温暖。而当妈妈离开后，光是写下"妈妈"这两个字，就如同扣下了名为悲伤的扳机，令人痛彻心扉。我也有很长一段时间难以承受失去妈妈的痛苦，整天都陷入悲伤之中，连生活都不管不顾。

没有妈妈的世界……那是一种想要放下一切的心情。早知如此，就应该多多理解妈妈的内心所想，多听听妈妈说的话，多给妈妈写信了……过往的一切都成了后悔的根源。

夏天经过水果店时，会因香瓜而停下脚步；秋天经过水果店时，会因柿子而停下脚步。好想买些柿子，立刻带回家给妈妈吃，每当这时我的心都会感觉一阵刺痛。

我经常驻足在水果店前，哽咽着自言自语："妈妈，我想你。这是你最喜欢的黄香瓜和软柿子，可你再也吃不到了。妈妈，我爱你，全心全意地爱你。哪怕在梦里也想抱抱你，请一定要经常到我的梦里来。"

最近我也经常给妈妈写信。虽然这些信因为我没有她的地址，而根本寄不出去，但我还是会写。

如果妈妈还活着，我肯定每个星期都会挑选漂亮的信纸给她写信，我会在信里画上满满的爱心，还会在信封里放入她喜欢的手帕当作惊喜……

一盆满是
玫瑰花瓣与芳香的热水

#给妈妈按摩双脚

妈妈去世前,我为她做的最多的事就是给她按摩双脚。每次给无精打采躺在床上的妈妈按摩双脚时,她都非常开心。妈妈会心疼地说"给妈妈按摩一定很累吧",也会问"你是在哪儿学的这个",欢喜之情溢于言表。我耍贫嘴说:"为了给妈妈服务,我特意去培训班学的这门手艺。"这时,妈妈苍白的脸颊上会慢慢绽放出如花般的笑容。

按摩时会听到妈妈低沉的呼吸声。按摩结束后我会给妈妈盖上一条暖和的毯子。好想念妈妈低沉的呼吸声，如果可以重返那时候，我一定会更加频繁、更加长久、更加用心地给妈妈按摩双脚。

当发现妈妈的黑眼圈加深，肩膀也疲惫地下垂时，我就会诱惑妈妈说："姜女士，从此刻开始就是您的休息时间。我将带您开启甜蜜而浪漫的芳香之旅。是为您准备浓郁而甜蜜的玫瑰香，诱人的茉莉香，清爽的薄荷香，舒适淡雅的薰衣草香，还是清凉感十足的松香？抑或是您喜欢的柠檬香？随便挑，随便选。"

足浴可以缓解疲劳。准备好一盆满是玫瑰花瓣的热水，扶妈妈坐下，把她的双脚轻轻放入水中。如果不方便做足浴，可以先让妈妈舒服地躺下，然后用微波炉把湿毛巾加热1分30秒。取出后在空中抖一抖，让温度适中。之后用蒸汽毛巾使劲儿按压擦拭双脚。到这步为止，妈妈的脸色就会有所变化，黑眼圈会慢慢上移，然后一下子就消失了。足浴或蒸汽毛巾按压结束后就可以开始按摩了。从脚后跟往脚踝方向按压会让人非常舒服，千万不要错过。

"妈妈,这里是阿喀琉斯之踵。你知道为什么叫阿喀琉斯之踵吗?"

"听说过,但是忘了。"

"阿喀琉斯是希腊神话中的一个英雄,他是海洋女神忒提斯的儿子。忒提斯为了把他打造成不死之神,在他刚出生时就将其倒提着浸进冥河。但遗憾的是,阿喀琉斯被母亲握住的脚后跟却不慎露在水外。结果,他正是由于这个部位中了毒箭而毒发身亡。因此,后来人们就把致命弱点称为阿喀琉斯之踵。"

一边给妈妈讲神话,一边进入按摩脚趾的环节。每当给妈妈按摩脚趾的时候,她都格外害羞地说:"妈妈的脚很粗糙,别按那里了。"

如果妈妈往后缩脚,我就会握得更紧,并对她说:"我小的时候,妈妈不也给我洗脚嘛。现在要进行的是伸展按摩。为了给妈妈服务,我可是认真学习了很久呢。"

"把你累坏了怎么办呀?"

"妈妈,你知道'累'是什么意思吗?累就是为了积聚力量。我没事的,我要用你赋予我的这双手为你服务。"

给妈妈按摩完之后，我会劝妈妈睡一觉。给她盖好被子，很快就会听到妈妈平稳的呼吸声，不知不觉间她进入了梦乡。可能是做了幸福的好梦吧，妈妈的嘴角露出了笑容。

"妈妈，晚安……"

看着熟睡的妈妈，道一声晚安，人生最美好的夜晚就这样渐深。

妈妈成为共度新年的第一人选

和妈妈一起迎接
新年的第一道曙光

每年的12月31日我都会整理行囊,为的是去看1月1日升起的新年第一轮太阳。如果那一年过得特别不顺,我会前往东海(在韩国称日本海),看到朝气蓬勃冲出地平线的太阳,感觉自己也会精力充沛。相反,如果那一年诸事顺利,万事大吉,我则会前往西海(在韩国称黄海),看那徐徐升起的太阳,感觉自己也会更加谦逊。

那年深秋,爸爸突然去世,因为担心故乡的妈妈,我在12月31日那天返乡。新年第一天,我牵着妈妈的手去了海边。我们刚到海岸，难以置信的一幕就出现了——太阳刚刚越过地平线，冉冉升起，妈妈突然唱起了歌，"落叶时节离去的你，说好会在太阳升起时归来，却为何不见踪影……"

我从来没有听过这首歌，便问妈妈这是什么歌，她说："只能唱别人的歌吗？这是我自己创作的。"

我们一起看着新年的第一道曙光许愿，我永远也忘不了那一天。我希望妈妈不会感到孤独，这是我作为女儿在面对无法填补的空缺时所做的祈祷。

新年第一天的太阳是特别的。它唤醒了沉睡一整个漫长冬日的清晨，它是我们在经历了漫长等待后喷薄而出的新年第一轮朝阳。若是在冬季的海边或山中，太阳升起的感觉会更加强烈。清晨的海边和清晨的山里会格外寒冷，然而最冷的日子也能最温暖，这也是为什么要和最特别的人一起共度新年第一天早晨的理由。

试着让妈妈当一次和自己共度新年第一天的特别对象吧。制订一个妈妈和女儿一起看新年第一缕阳光的计划。在新年来临之前的一个月提前告诉妈妈，她被这个活动选中了。

"我决定要和特别的人一起去看新年的第一缕阳光,妈妈,你成了这个幸运儿,能和我一起去吗?"

妈妈一定会很感动。或许她会提议和其他家人一起去,这时你可以说:"这次就咱们两个人去吧。"

和妈妈一起去迎接这个将自己的光亮公平地洒在每个人身上的太阳吧;和妈妈一起看新年的第一次日出,提升自己新一年的肺活量。

以前我和姐姐一家去看日出。结果天都已经亮了,却始终不见太阳出来。"看来这次是看不到日出了。"姐姐失望地说。这时外甥说:"我们又不是来看太阳的,我们是来跟太阳相会的。"

是啊,我们不是用眼睛来看太阳的,而是来与太阳相会的。领悟到这点的同时,不知从哪里飞出了成群的鸟,它们扇动着欢迎我们的翅膀,紧接着一抹红气从雾气中喷涌而出。

新年第一缕阳光,开始的时候会拖沓得令人心焦,但当它自山脊升起时,就像古装剧中的新娘子一样,把山当成了头冠，先是慢慢探出头来，再露出耀眼的微笑；等积聚好力量后，就会像离弦之箭快速冲向天空，让人禁不住一阵惊呼。那洒在世间的光芒使万物一一呈现在人们眼前。世间唯有太阳是任何事物都无法与之比拟的。

妈妈看着新年的第一道曙光许愿。身为女儿的我似乎早已知道她的愿望。愿望是她许的，但为她提供许愿机会的人是我。

人生的每一个阶段都会出现艰难的时期，每当我需要努力克服困难时，妈妈总会在我身后为我加油；当我要振翅高飞时，妈妈定会成为我翅膀下助我起飞的风。

正是因为有妈妈，所以我才能坚持下去，才能充满力量，才能奋勇前行。

与光同行的小郊游

和妈妈一起
绕着小区散步

美国肯尼迪家族的罗丝·肯尼迪育有四儿五女,其中二儿子约翰·F. 肯尼迪成为美国第 35 任总统,三儿子和四儿子成为参议员,然而悲剧却在这个家族不断上演。罗丝在先后失去了 4 个孩子后,对剩下的孩子们说:"人生就是不停地经历痛苦与欢乐。"当孩子们遇到困难时,她都会劝导他们说:"如果坚持得很辛苦,就一定要迎着阳光走一走,尽情地从阳光中寻找快乐。"

罗丝总会以"风暴过后,鸟儿还会继续歌唱"来安慰自己和孩子们。由此可见,妈妈真是个强大的存在。正如罗丝所说,当你想沐浴着阳光走一走时,想漫无目的地走一走时,就温柔地挽着妈妈的胳膊一起出去走一走吧。

落花纷飞的某个春日,荷花盛开的初夏时节,抑或是阳光灿烂的盛夏,迎着微风,绕着小区转一圈。在工作日或安静的某个下午,紧紧牵着妈妈的手,一起绕着小区走一圈。如果是在阳光被树叶挡住的深秋就更好了,因为在这个季节散步的话可以和妈妈靠得更近。

"妈妈,保持健康有'三不要',即不要看负面新闻,不要看网络新闻,不要听别人对新闻的看法。"

"啊?是吗?那就不做这三件事了。"

"光靠这些还不够。为了健康,还有'三要',即要去有树林的地方,要多读书,要绕着小区走一走。"

"我们正在绕着小区走圈,正好做着'三要'中的'一要'呢。"

"一会儿如果看到有树林的公园,咱们也可以顺便去一

趟。这样咱们今天就算是做了'三要'中的'两要'了。"

绕着小区散步并不是只有心情好的时候才能做。当心乱如麻或诸事不顺的时候，也可以尝试着走一走。微风拂过额头，你会感觉到此时的阳光与前一个季节截然不同。空气的改变是如何在一瞬间发生的，在绕着小区走圈的过程中，可以真切地感受到季节的转换。

和妈妈一边走一边聊聊琐事，比如晚上会不会下雨，新开的面包店什么面包好吃……

妈妈可能会提起饭店阿姨和服装店阿姨大吵一架的事。此时可以趁机和妈妈假扮一下判官，探讨在吵架这件事上哪个阿姨做得对，哪个阿姨做得不对。在市场吃完面条后还可以去奶茶店喝杯奶茶，顺便聊聊有关奶茶中红茶、牛奶和蜂蜜的配比非常重要却无关紧要的话题。

和妈妈一起绕着小区走圈就如同一场甜蜜的约会，最重要的是要做到暂且放下所有忧愁，无忧无虑，随意行走。不去那些热门场所，就在自己家小区附近走一走，途中随便在哪家店吃碗面条，也许这种琐碎的小事以后都会被时间遗忘。

　　与珍爱之人在一起时最特别的时光，就是这些最细小的日常瞬间。生命的最后想要微笑着离开，最需要的就是这些虽然细小，但却充满温暖的时光。

　　为什么我们总是忘记这样一个事实——人生最闪耀的时光早已悄悄渗入我们的日常生活中，而最令人激动的时刻就是和妈妈对视的时候。

母女二人的专属戒指

#和妈妈戴上母女对戒

我也曾有过非常艰难的时期,一事无成,徘徊不前。某天,妈妈来到我家,夜里我因为担心生活费不够而睡不着,妈妈好像察觉到了我的窘况。难道每位妈妈都能窥看到自己孩子的内心吗?无论我怎么掩饰,都会被发现。

有一天,我发现妈妈的戒指放在我家的桌子上。这是妈妈戴了一辈子,已经满是划痕的戒指。这枚戒指早已和妈妈的手指浑然一体,之前尝试过摘下来,但都未成功……最终却因为想填补女儿的家用而被硬生生地摘了下来。

我生气地拿着戒指冲进了妈妈房间，看到了沉睡中妈妈的手指，她是费了多大的劲儿才把戒指摘下来的呀，原本戴戒指的地方已经伤痕累累，开始发白了。那天我大哭了一场，自己让妈妈如此担心，实在是太不像话了。

时间流逝，岁月如梭，终于到了可以送给妈妈一枚像样戒指的时候了。正好趁此机会做了一副母女对戒。

"这是我和妈妈的约定戒指。我答应妈妈以后会好好生活，妈妈也要答应我以后要健健康康。"就这样，我们戴上了约定幸福的母女对戒。

从那天起，我为了遵守和妈妈的约定，也为了过得更幸福而不懈努力。妈妈也说她一看到这枚戒指就会充满力量。约定戒指的力量是强大的，它让我在任何艰难险阻面前都没有退缩，我会用戴着约定戒指的手指敲开我面对的每一扇门。

手指上的戒指都有其独特的含义。如果说无名指是为伴侣准备的，那么把食指的位置留给妈妈吧，戒指的名字就叫"母女对戒"。

无名指上一般会戴订婚戒指或结婚戒指。在希腊传说，人的第四根手指的血管连接心脏，因此无名指上一般会戴上象征爱的标志。独身主义者一般会把戒指戴在大拇指上，因为大拇指象征自由。

和妈妈的母女对戒就戴在食指上吧，食指象征着方向，通常都是妈妈给我们指明人生的方向，所以把和妈妈的约定戒指戴在食指上是最好的选择。这既是和妈妈的一种约定，自己一定会沿着妈妈指明的道路前行，同时也是对妈妈的誓言，自己绝对不会忘记妈妈的教导。每当看到母女对戒的时候都会产生无穷的力量。妈妈看到戒指也会为女儿祈福。

有位妈妈在二女儿结婚后马上表示："现在你们都已经长大了，我以后也要随心所欲地享受生活了。"然而，在女儿生下双胞胎百天后，她又开始打工了。她之前从事的是舆论调查工作，而现在做的是车辆管制工作。据说这份工作需要拿着车辆管制的标牌站在山路上，女儿们给她打电话的时候会听到翻斗车路过的声音。60多岁的妈妈之所以还要在外面做这么危险的兼职，只是因为她想在双胞胎外孙女周岁的时候给她们买金手镯。

女儿得知这件事后心都碎了，瞬间就暴怒了："别人的妈妈把孩子养大成人后都变得越来越年轻，没事的时候和朋友见见面，生活得都很好。为什么我的妈妈生活得这么凄惨？"

发泄过后是更加地心痛。妈妈是刺激女儿泪腺的诱因，是每当想起来心脏就会刺痛的引子。

怀着对妈妈的感激与歉意，女儿为她戴上母女对戒。戴在食指上的母女对戒是对妈妈的承诺，承诺以后再也不会让她失望；是对妈妈的告白，告诉她自己永远爱她；同时也是和妈妈的自由约定，约定今后互不约束。

妈妈的幸福充电器

用双臂拥抱妈妈

有份记忆难以忘怀。那是上中学的时候,有一天妈妈突然叫住了要去学校的我。由于快迟到了,我一边走向妈妈,一边不耐烦地说:"哎呀,怎么了!"但是妈妈什么也没说,只是紧紧地抱住我,抱了好一会儿才放开了我,这时我发现,妈妈原本疲惫的面庞变得明朗了不少。应该是有什么伤心事吧,但抱过我之后似乎都释怀了。

妈妈会因为什么事情而难过呢?直到我有了孩子以后,才明白妈妈当时的心情。那是一种不想让孩子知道自己悲伤或痛苦而极力克制的心情，那是一种不想让孩子看到自己哭泣的心情。然而，调整心情的方法只有一个，那就是尽可能背着孩子尽快调整。

妈妈当时抱着我是为了克服怎样的悲伤呢？早知如此，当时就算迟到也应该再多抱抱妈妈，当时就应该张开双臂去拥抱妈妈，当时就应该让妈妈的心里感受到满满的幸福。

孩子是妈妈生活下去的充电器。每当忧郁或疲劳的时候，哪怕只和孩子拥抱一分钟，都会觉得浑身充满了幸福和力量。如果女儿主动去拥抱妈妈呢？那简直就相当于"快充"。被女儿拥抱住的妈妈会感到幸福感在瞬间急速上升。她们会用这股力量振作起来，处理好所有的事情。

女儿的双臂就是妈妈的幸福充电器。即使日子再难，如果女儿能用双臂拥抱妈妈，并肯定地说"妈妈是最棒的"，那么无论发生什么事，妈妈也能挺过去。

曾经，妈妈的背影看起来很悲凉，早知道当时就从背后悄悄地抱住她了；曾经，妈妈的表情看起来很悲伤，早

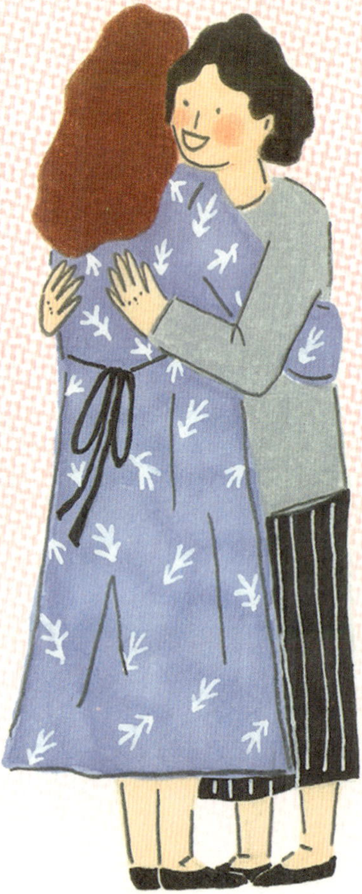

知道当时就张开双臂拥抱她了；曾经，妈妈走路的时候看起来很孤独，早知道当时就停下脚步给她一个温暖的拥抱了。

　　为妈妈充满幸福的方法很简单——女儿只需要张开双臂，紧紧地拥抱她。当妈妈的脸上露出如花一般明艳微笑的时候，就说明妈妈曾经空缺的幸福已经充满了。

"亲情卡"的优缺点

#送妈妈一张信用卡

只有满手的爱意,

虽然没有任何璀璨夺目的珠宝装饰,

但这爱意却从不被隐藏,

也从不伤害别人。

我想给你的爱,

就像是

突然把装满樱草花的帽子呈现到你面前,

抑或把苹果装满裙子,

像孩子一样向你大声呼喊:

"快看看我手里都有什么!

这些都是给你的!"

《充满爱的手》

埃德娜·圣·文森特·米莱

女儿总是想让妈妈任何时候都丰衣足食,想报答妈妈一直以来给予自己的爱,想对一直勤俭持家的妈妈说一句"这张卡随便用"。以前都是妈妈给女儿零花钱,现在女儿送给妈妈一张信用卡。过去女儿是用妈妈卡的"啃妈女",现在妈妈成了用女儿卡的"啃女妈"。

"妈妈,这张卡的额度是30万韩元(约合1600元人民币)。很抱歉妈妈,这张卡每个月最多只能给30万韩元的额度。如果直接给你钱的话你肯定会攒起来,所以才给你办了这张卡。对了,你每次用卡的时候我都会收到短信提示的,记得一定要用。"

第一次收到妈妈用卡的信息是"星巴克:16,400韩元

（约合90元人民币）"。正想着"妈妈去咖啡店喝咖啡了呀"，妈妈的电话就打过来了。

"女儿，我刚刚用你给我的卡结账了。今天约朋友见面，我请她们喝的咖啡，顺便显摆显摆你给我的卡。可把我的朋友们羡慕坏了。"妈妈的声音有些激动。

"妈妈，你每次用卡的时候不用特意给我打电话，我会收到短信通知的。"

"好的，知道了。谢谢女儿！"

就这样，我通过这张"亲情卡"完全"掌握"了妈妈的行踪："便利店：2,400韩元""汗蒸房：10,000韩元""餐具店：8,000韩元"。看着这些明细，女儿脸上满是笑容。妈妈现在在便利店呀，妈妈今天买了餐具呀……一想到妈妈消费的场景就会不知不觉地露出微笑。

"妈妈，我会努力赚钱的。我知道妈妈现在还总是舍不得在商场买东西。等我努力赚更多的钱后，就去给这张卡提升额度。"

"别别，现在这些就够用了，我可不想再增加额度了。"

世上最妙不可言的卡当属"亲情卡"了。虽然不知道期限到什么时候,但这张卡至少证明——女儿为了能给妈妈零用钱,在努力地生活着。

但是,这张卡也有缺点。比如,妈妈周围的人总说她太爱炫耀自己的女儿了,还有就是每次出门妈妈总是因为紧握装有亲情卡的钱包而导致手疼。

妈妈和女儿是健康命运共同体

#带妈妈体检

我和姐姐每年都会牵着父母的手,带他们去体检。这也是妈妈在世的时候我们做得比较好的事情之一。爸爸每次都很配合做各项检查,但妈妈对体检这件事却比较反感。

"我都说了不想去。去年也检查了,不是没问题嘛。"

我们跟妈妈说:"去年的检查结果不能代表今年的身体情况,我们只有知道妈妈是健康的,才能安心工作。"但无论怎么劝说,都很难让妈妈移动脚步。当然,最终妈妈还是跟我们去做体检了,毕竟这世上没有能赢得过孩子的父母。

当时妈妈为什么对体检这么反感呢?后来我慢慢理解

了妈妈的心情。

妈妈是为家人而活的,体检那天妈妈担心她生病了,家人怎么办;如果结果不好,会马上治好吗;如果让她住院的话,家务谁做,谁来照顾她的丈夫和孩子……正因为如此,去体检对妈妈来说并不是一件容易的事情。

但如果是必须要做的事情,只要有女儿同行,妈妈就会感到无比踏实。胃肠镜检查的时候,当妈妈从麻醉中醒来,看见女儿就在自己身边时,除了担心检查结果外,别无他求。

妈妈们在做检查时担心如果结果不好会给家人带来负担,所以会选择隐瞒实情。有的妈妈因为心口疼而蜷缩在马桶上瑟瑟发抖,却还在担心要是被女儿知道了怎么办。她那么忙,会不会给她添麻烦呢?最终,隐瞒的结果就是被119(韩国的紧急医疗服务电话,这里指救护车)送到医院。妈妈就是这样的一种存在,即使自己正在急救室接受抢救,也只担心自己的女儿——女儿明天还要上班,今天这么一折腾会不会睡不了觉?哪怕是自己晕倒的瞬间也在担心女儿。

女儿其实都想成为妈妈的小袋鼠,能待在妈妈的育儿袋里。没有妈妈在身边,哪还能有幸福。正如妈妈从来不期待女儿的金银财宝一样,女儿也只是希望妈妈能衣食无忧、健康长寿,能一直待在自己身边唠叨、叮咛、照顾没出息的女儿就好。所以世上的妈妈们,即使是为了女儿,也一定要健健康康的。

给妈妈预约一个体检吧。在妈妈的日历上把体检日画上星号,再确认一下注意事项。体检那天,挽着妈妈的胳膊一起去。妈妈检查的时候在外面等着,一起去下一个体检科室的时候,如果和妈妈对视了,就给妈妈鼓鼓劲儿,说声"加油"。由于妈妈从前一天晚上就开始禁食,体检结束后肯定会饿,所以可以提前订一家口味清淡的餐厅,等体检结束后和妈妈一起去用餐。体检结果出来后,母女俩要共同面对检查结果。

妈妈的健康由女儿守护。妈妈健康了,女儿才能幸福,妈妈和女儿才能永远幸福。

穿着漂亮衣服的幸福模样

和妈妈去购物

　　妈妈去世后，在整理她的遗物时，我抱着她的衣服哽咽了。不只是因为这些衣物中残留着妈妈的味道，还因为连一件值钱的衣服都没有。女儿给买的值钱衣服都送给了其他家人，妈妈只穿在市场买的便宜的。妈妈明明就没几件衣服，还一直说太多了，什么时候能穿完呀。

　　爸爸是个爱打扮的人，就连帽子都是高级品牌，西服更是定制款。而反观妈妈的衣柜，哪是"寒酸"两个字能够形容的。因为女儿坚持，妈妈才不得已去了商场，可去了之后她也只看大甩卖的衣服。那些穿在模特身上展示的新品，妈妈连看都不看一眼，生怕我拉住她的胳膊，总是飞快地从那些衣服前走过。

妈妈心疼女儿给她花钱。她更希望女儿也能省着花，今后不会为钱而担忧，能过上舒心的好日子。

"妈妈，今天你就随便买。别看价签，想买什么就买什么。"虽然很想这样对妈妈说，但当我的经济条件能达到这个水平的时候，妈妈已经不在了。

从广播里听到一位妈妈的故事。这位妈妈有一个上小学一年级的女儿，有一天，她刚给女儿吹干头发，就听女儿说："如果妈妈一天就能轻松地挣上1亿韩元（约合550,000元人民币）就好了。"

瞬间，这位妈妈怀疑自己是不是听错了，担心自己的教育是不是出了问题，孩子是不是有点拜金主义。但是，为了不给孩子的心灵造成创伤，她是这样回答的："赚那么多钱干什么？"

女儿回答说："用这些钱买一栋有'文小姐'的房子住。"（以前有个电视剧，演员张美姬在剧中管保姆叫"文小姐"。比如，"文小姐，给我来杯咖啡。""文小姐，把这里收拾一下。")

听了女儿的回答，妈妈的心里很难受，后悔最近让孩子看到自己因为金钱而过于疲劳的脸色，并进行自我反省，决定以后再也不会在孩子面前提钱的事。

这位妈妈的故事到这里就结束了。如果真有这笔巨款，妈妈一定会全花在女儿身上，让小公主去看一看这个广阔的世界，然后实现自己的梦想，成为一个美丽的人。

为女儿的前路清除障碍，铺满鲜花，这是所有妈妈的心愿。总是担心自己会成为女儿前进路上的障碍，对女儿充满歉意，是妈妈内心的真实写照。

虽然妈妈很心疼女儿为自己花钱，但却很享受和女儿一起去逛街的乐趣。和女儿一起享受购物的乐趣是人生三大乐趣之一。

如果可以重回和妈妈在一起的时光，我一定会把妈妈试穿的那件漂亮衣服偷偷买给她。这样，就算妈妈因为担心女儿的生活状况而执意不买，到时候也不得不穿的。好想再看一次穿着女儿买的漂亮衣服，露出幸福笑容的妈妈。

如同给年幼的女儿读童话

读诗给妈妈听

妈妈在疗养院的时候,我和姐姐每次去看她,都会为她读首诗。小时候,妈妈也曾为我们读过童话。现在,轮到女儿们为变成老小孩儿的妈妈读诗了。虽然小时候喜欢充满幻想的童话,但随着年龄增长,有了一定阅历之后,便开始喜欢诗了。因为诗句中充满了人生所经历的每个瞬间。

在女儿读诗的过程中,妈妈会露出微笑,也会眼含泪水,还会说"好,好,好,真是很好"。当然,有时妈妈也会睡着,就像小时候,女儿伴随着妈妈读童话的声音入睡一样。

回想起妈妈给女儿读童话的时候得多爱自己的孩子啊,虽然对妈妈的回报不及妈妈对我们的付出,但还是希望大家能满怀爱意地为妈妈们读诗。就像当初妈妈给我们讲故事,直到我们睡着了为止,好好地给妈妈读首诗。

美好的诗句也能将生活的秘诀告诉已走过漫长人生道路的妈妈。可以向妈妈告白,告诉她,正是因为她,女儿才这么幸福。还可以安慰妈妈,她的人生是完美的。

偶尔给妈妈听听歌也是好的。

> 没有你怎么能笑得出来,
> 光是想想都泫然欲泣。
> 在艰难的时光里守护我的人,
> 现在换我来守护你。

韩国歌手 Paul Kim 的《每日每刻》就很适合向妈妈告白。

花开花又落，
一同度过每日每刻。

好想念通过诗来向妈妈表达爱意的日子。建议大家把读给妈妈的诗都录下来，这样以后想念和妈妈在一起的时光就拿出来听一听。

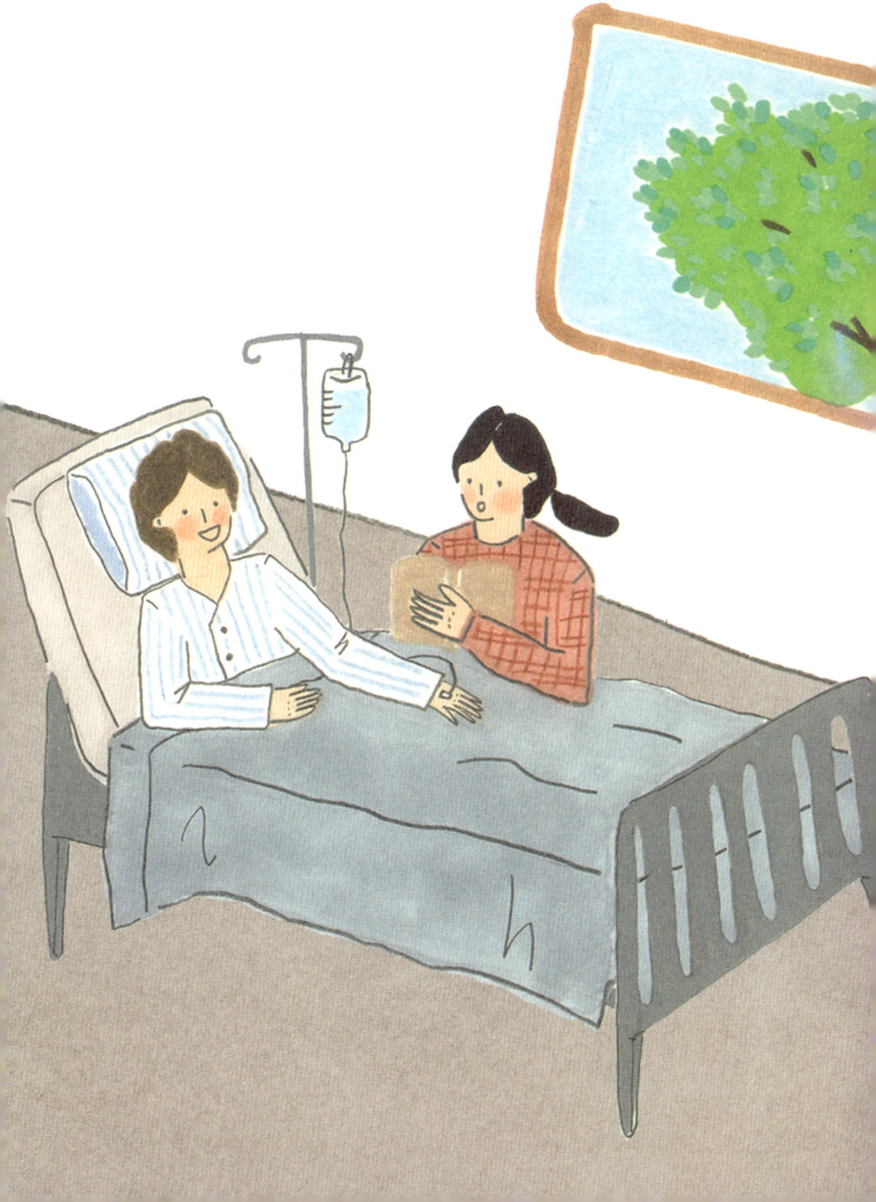

Chapter 2

妈妈也是别人的女儿,
也是别人眼中的少女

住在妈妈心里的少女

和妈妈一起去旅行

母女也是好朋友。虽然有时会向对方表现出不耐烦、神经质的一面,但最后都会毫无疑问地和好,就如同春雪会在不知不觉间融化一般。

世上所有的关系都如同玻璃,一旦掉落,必碎无疑,即使用强力胶进行修复,也会留下裂痕,然而唯有母女之间的关系并非如此。虽然互相出口伤人,激化矛盾,但在某个瞬间都会像施了魔法一般和好如初。这种奇迹除了母女之间,哪里还能找得到呢?也只有母女之间才有可能发生这样的事情。

人生中决不能推迟，并且也是最令人开心的事就是和妈妈一起旅行。只有妈妈开心了，家庭才会和睦。而能让妈妈露出笑颜最好的方法就是和她一起去旅行。

旅行对妈妈而言也意味着可以摆脱家务活。女儿在规划和妈妈一起旅行的计划中，首先要考虑的就是让妈妈放下日常生活琐事的烦扰。旅行期间要把妈妈打造成能够令人心动的魅力女性，要让她十指不沾阳春水。

去哪里旅行都可以，重要的是能挽着妈妈的胳膊，一边溜达，一边闲聊。可以因为自己不善表达而向妈妈道歉，也可以告诉妈妈，正是因为有她做自己的妈妈，自己很幸福。

母女俩互相帮对方拍几张漂亮的照片，逛逛不同的小巷，饿了就随便走进路过的一家饭店，选错了又能怎样？又不是别人，是妈妈和女儿啊……对于女儿的失误，妈妈甚至会满心欢喜，连女儿嘟嘟囔囔的样子，妈妈也会觉得可爱。

妈妈生活的时代与现在截然不同。她们总是毫无保留地把孩子放在心上，可以为了孩子放弃工作，放弃曾经的

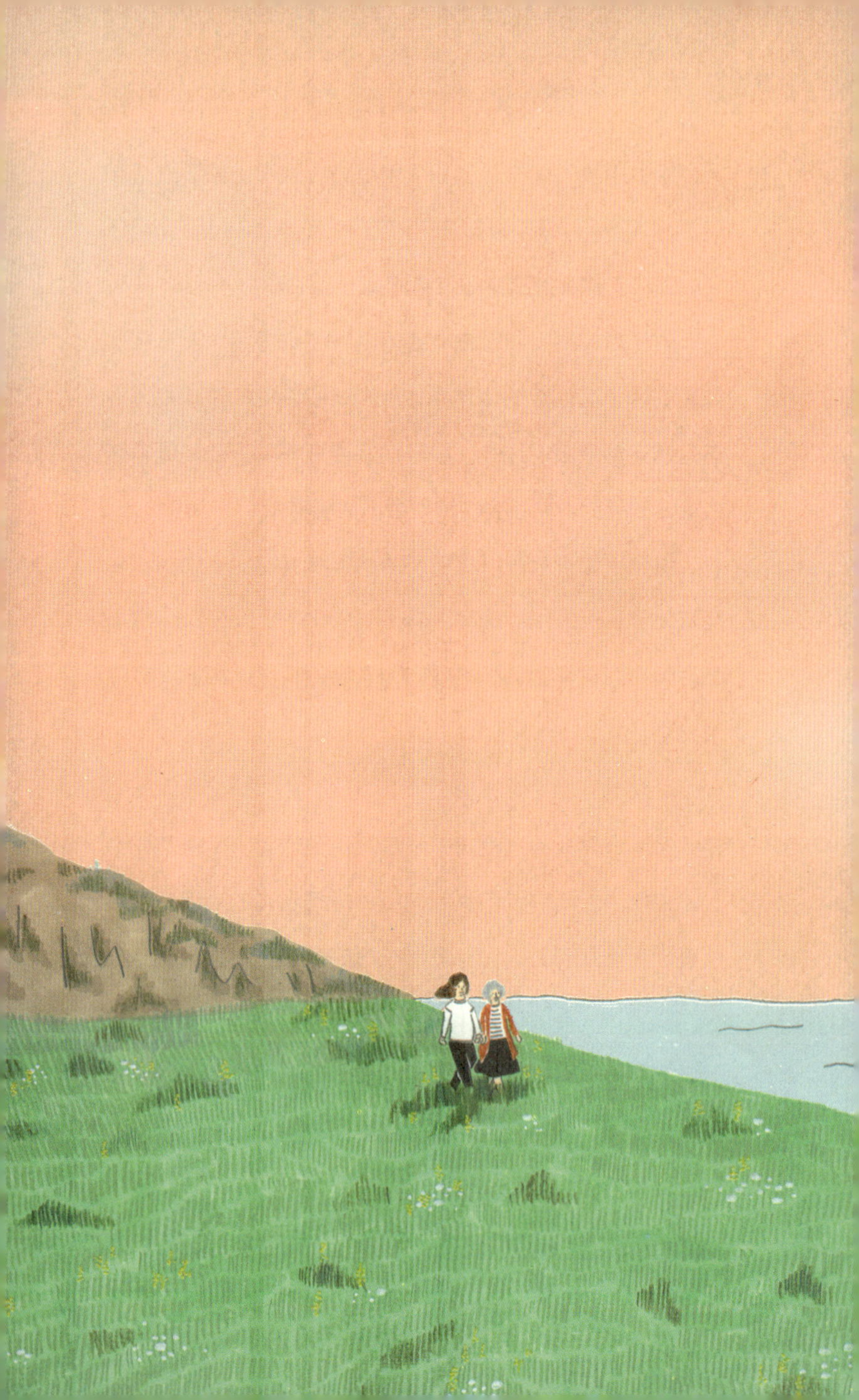

优雅，变身为女汉子。所以旅行的时候，一定要让她彻底摆脱家庭的所有束缚。

有的女儿还曾经特意在逢年过节的时候带着妈妈去旅行，让妈妈走出"节日监狱"（在韩国，逢年过节是妈妈们最忙碌、最劳累的时候）。春节那天，和妈妈一起在旅行的地方吃一碗年糕汤（在韩国，春节那天都会吃年糕汤），妈妈表示简直太幸福了。

我们总是下定决心等赚了钱之后一定要先给妈妈花，但除了钱，如果能再花点儿时间在妈妈身上，她会更开心。因为在这之前妈妈倾注了很多时间和金钱在我们身上，现在也该轮到我们花些时间和金钱在妈妈身上了。

在旅行的途中我们还可以得知很多以前不知道的事情。比如，妈妈吃热带水果会感到很幸福；吃三文鱼时喜欢喝白葡萄酒。当然，正因为和自己旅行的对象是世界上让自己最舒服的人，所以毫无保留地袒露内心想法有时也会导致出现一些失误，但这本身就是旅行的过程和意义。即使在旅行地发生了一些不快，或是对某事产生了分歧，也不必在意，旅行本身就是如此。抓紧时间制订一次和妈妈的单独旅行计划吧，一次可以和她边吃菠萝罐头边闲聊，可以一起手拉手睡觉的旅行。

其实妈妈的心里都住着一个小女孩。通过旅行，让妈妈心里的小女孩获得释放。趁妈妈腿脚还可以、身体还健康，抓紧实施这个计划吧。

让妈妈的脸容光焕发

＃当妈妈的化妆师

小时候某年的5月份，妈妈为了参加父母节（5月8日，韩国特有的法定节日，为了感谢父母而设立的节日）活动，特意穿上了韩服，撑起了阳伞，当时的妈妈浑身散发着光芒。在妈妈面前，漂亮的花朵、耀眼的阳光、万紫千红的夏日都黯然失色，以至于我因为妈妈太过美丽而极度不安，搂着她的胳膊哭闹，不让她去。

从那之后，时间把青春从妈妈的脸上悄然带走。就像金镇浩所唱的《全家福》歌词一般，"让我如花绽放的您，就像肥料，只默默付出着"。妈妈日渐衰老的容貌让女儿的心都碎了。

可能妈妈已经忘记自己曾经是多么吸引人，好想让妈妈再现一下当初的盛世容颜。还记得曾经和妈妈一起出去时给她化过妆，虽然当时妈妈有些不好意思，但还是把脸伸过来让我发挥了。化完妆后妈妈看着镜子里的自己，虽然嘴上说"嘴是不是太红了点儿"，但实际上还是很满意的。

女儿和妈妈在电视上看到了这样一则广告语："脸色亮丽的秘诀是什么？是皮肤。赶快打开皮肤之灯吧。"

那一瞬间，看着妈妈的面庞，女儿产生了这样的想法：妈妈的脸停电了。

看着妈妈失去光彩的面颊，女儿好难过，说了一句："妈妈，以后出去都化妆吧。"

女儿走到妈妈的化妆台前，发现她用的化妆品还是几年前自己公司送的。

"你怎么还在用这个？都已经过期了。赶紧扔了吧！"女儿说完就后悔了，明明可以好好说的。

看着妈妈用女儿的化妆品在画眉毛，看着妈妈的背影，女儿的鼻子直发酸。"哪有人这样画眉毛的？过来，我给你画。"女儿的技术让妈妈华丽变身。

"妈妈这个年龄如果不化妆可就要面临危机了。但可以在'危机'前面涂点'粉'，这样就变成'韵味'了。整个人看起来会非常有韵味。"女儿一边逗乐，一边往妈妈脸上涂粉。"看起来像没化妆一样吧？这就是'裸妆'。顾名思义，就像没化妆一样。"新词的使用让妈妈的脸上露出了笑容，这也是那天最美的画面。

"妈妈，你的人生现在才开始。首先要做的事就是变得更美。放心，有我在。"

偶尔变身为妈妈的专属化妆师怎么样？再教妈妈一些化妆方法。哪怕是在网上学习的化妆方法，也要教妈妈一些，让妈妈的脸充满活力，焕发光彩。

经过女儿精心打扮的某一天，也许妈妈外出回来的时候会说："你猜今天在公交车上，一位老奶奶叫我什么？她叫我'姑娘'，哈哈哈。"

看清新世界

#带妈妈去眼镜店

据说随着年龄的增长,每个人都需要三副眼镜。一副用来看近处的东西,一副用来看远处的东西,还有一副用来找前两副眼镜。虽然是玩笑话,但却在妈妈间得到了验证。

上了年纪后,身体的某些部位会发出异常信号,其中眼睛发出的异常信号最让人苦恼。据说有位妈妈曾经是"文学少女",无论她走到哪里都会带着书。可是现在,即使别人送给她一本非常好的书,她也不愿意看,因为她看不清书里面的字。虽然也曾戴老花镜看过书,但看着看着就会不舒服，所以干脆就不看了。

回想起年轻时曾闪闪发光的眼睛，妈妈感叹道："看来现在真是老了。"对于视力已经开始退化的妈妈来说，眼镜店就像是黑夜大海中的灯塔。挽着妈妈的胳膊一起去趟眼镜店吧，虽然她总是觉得去眼镜店麻烦，还会说"看不见又能怎样"。

女儿好好给妈妈选一款镜框吧。和配镜师说明妈妈的情况，再做几项必要的检查，就一定能找到一副适合妈妈的眼镜。可能在确定镜框大小、瞳距的时候要花费一些时间，但一定要选一款最适合妈妈的镜框。

"戴上眼镜后，简直像变了一个人似的。变身成功！"

"侧边华丽的镜框只会吸引人的注意力，不怎么样。"

"戴上这副眼镜后显得太严肃了，还是第一副最合适。"

妈妈知道，女儿的意见比任何人的都可信。

对于妈妈来说，眼镜不再是单纯的视力矫正器或时尚单品，而是能让妈妈感到幸福的必备单品。只要选对眼镜，中年妈妈也会被称为"潮人"。

时尚单品，看书时使用的眼镜，用电脑时戴的眼镜，看电影或开车时戴的眼镜……和年龄相比，眼镜的数量会逐渐增加。

给曾经自信满满，现在却因看不清而苦不堪言的妈妈定期挑选一副适合她的漂亮眼镜吧，让她能再次看清美好的事物。

犹如新签约的专属模特

\# 和妈妈一起拍写真

看着我们姐妹四个在照相馆挽着妈妈胳膊拍的照片，高矮不一的四姐妹和满脸幸福表情的妈妈现在看起来也很美。幸福的时光就这样被保存在了照片里。虽然无法再摸摸妈妈的脸，但却可以感受到妈妈拍照时的幸福感。爸爸看到这些照片后非常嫉妒，非拉着我们四姐妹去照相馆，拍了很多的照片才作罢。

直到现在，我还把我们四姐妹和爸爸妈妈当时在照相馆拍的照片像宝贝一样地保存着。然而也有些遗憾，如果能有一张和妈妈单独拍的照片该多好啊。当初就应该拍一套只属于我和妈妈的照片，照片里面只有我们母女二人。真应该在摄影棚里多摆些姿势，好留下只属于我们二人的美好瞬间。

女子组合"少女时代"中的金泰妍曾经和她的妈妈拍过写真照，金泰妍将这些写真照命名为《两个女人》，并上传到网上，这触动了众多女儿的心弦。其中有一组时尚的黑白照片，照片中母女二人都戴着黑色帽子，穿着黑色连衣裙，妈妈戴着珍珠手链和珍珠项链。还有一组照片穿的是白色礼服，不禁让人联想到婚纱。这些照片吸引了全韩国女儿们的视线。我也想拍一套能够记录50多岁的妈妈和20多岁的我的照片……这种想法在女儿们的心中泛起了涟漪。

在妈妈的年岁更大之前，领妈妈做做头发、化化浓妆、穿上礼服去拍几组写真吧。如果妈妈喜欢花，可以让她捧一大束。喜欢玫瑰就选玫瑰，喜欢向日葵就选向日葵，喜欢百合就选百合。笑颜如花的妈妈也会点亮女儿心

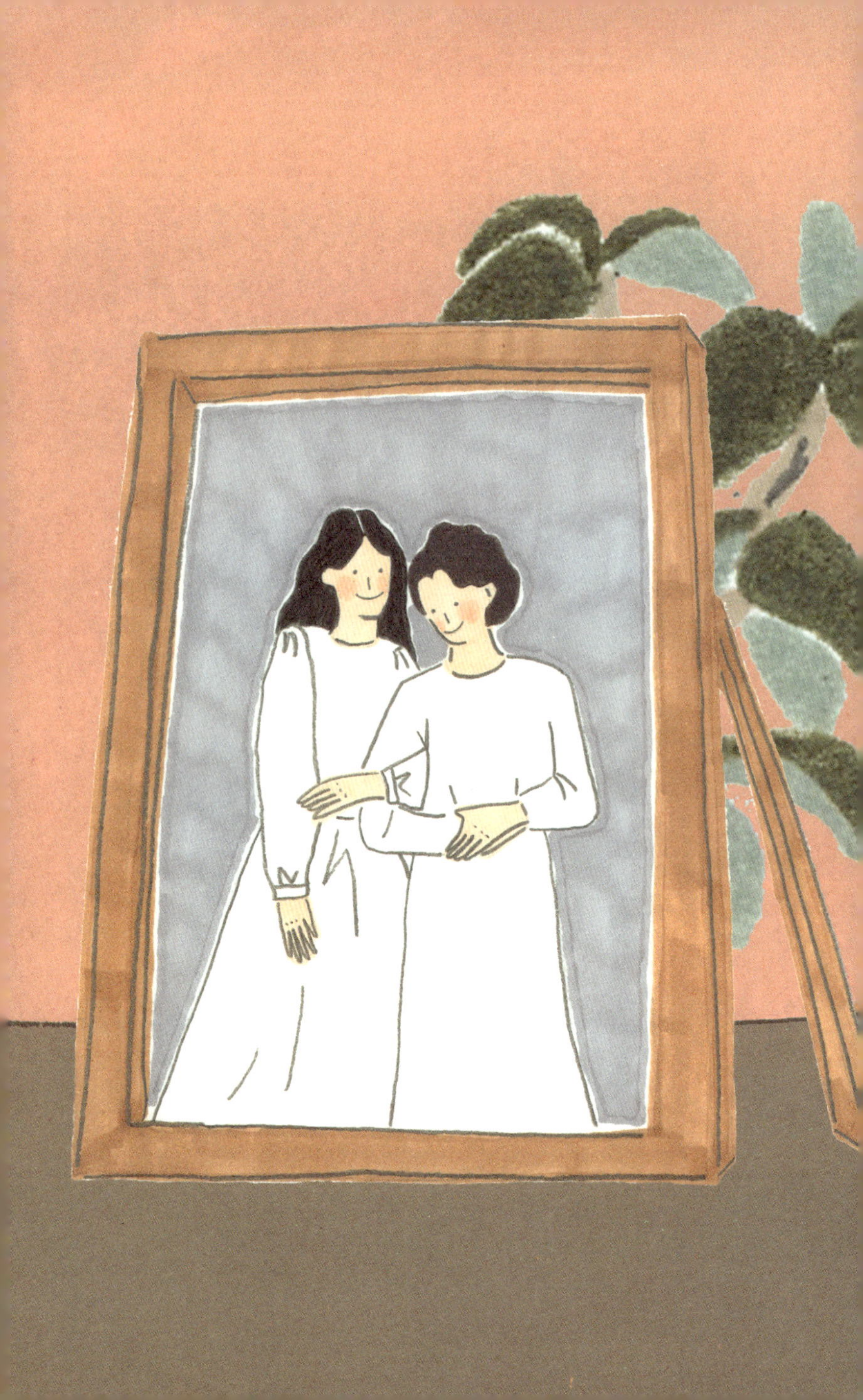

里的花灯。

如果去专门拍摄写真的摄影工作室就会发现，各种拍摄道具一应俱全，而且所有的空间都是拍摄区。告诉妈妈："妈妈，我们都出生于那面美丽的公主镜。"然后一起拍几组写真照吧。即使是不喜欢拍照的妈妈，一到摄影棚也会大变样，说不定还会摆出意想不到却适合拍摄的姿势。如果无法去摄影棚，也可以在咖啡厅或室内一起拍照留念。

真想模仿小时候和妈妈拍照时的姿势再拍一张。"就是这张照片中的姿势。麻烦就按这个姿势再帮我们拍一张。"我想每年都拍一张同样姿势的照片，然后按照年份攒起来。

如果要和妈妈拍写真，那么前一天晚上一定要做好皮肤管理。敷片面膜，好好睡一觉，早上起来再做做伸展运动。表情管理是最好的化妆方法，多想好事情，让表情变得更明朗。

看着对样片非常满意的妈妈，可以和她开开玩笑。

"现在才是妈妈颜值的巅峰啊,比我漂亮多了。"

"是吧是吧,紧张了吧。"妈妈一边回应着女儿玩笑般的谎言,一边继续拍照。

还想定制一本只存放母女二人照片的相册,以便长久珍藏。即使妈妈离开了,也能回忆起那幸福的时光。

让 20 岁停留在妈妈的指间

和妈妈一起做美甲

有一首韩国歌曲,它的第一句是"心酸地轻轻抓住你那双湿漉漉的手的瞬间",这首歌表达了丈夫心疼妻子那湿漉漉的双手(因为做家务而导致手一直湿漉漉的)。虽然妈妈的手并不像歌中所描述的那双手一样湿漉漉的,但在女儿看来,妈妈的手仍然让人心疼。

我从没见妈妈涂过指甲油。妈妈的指甲一直处于原生态状态,曾经细嫩的手也开始长出皱纹,日渐粗糙。女儿又后悔了,怎么就没想到带妈妈去趟美甲店呢?早知道就给妈妈的手做一次漂亮的美甲了,哪怕只是手绘个花瓣也好。

妈妈肯定会说"哎呀，我不喜欢那东西"，但终究还是拗不过女儿而跟着去了。刚开始的时候可能不太好意思，但看到结果后一定会说"真好看"。我还后悔当初没和妈妈一起做美甲，然后再拍个照。本想着要和妈妈一起把想做的事情都做一遍，可越想越觉得没做的事情太多了。

牵着妈妈日渐粗糙的手去趟美甲店吧。

"麻烦给我和妈妈都做个漂亮的。"和妈妈并排坐着接受服务。

看着架子上那些漂亮颜色的新品，切身感受到了新季节的到来。亲切的美甲师给妈妈选用适合她的流行色，而母女俩也为了选择合适的颜色开始激烈地讨论。

"这个颜色适合我吗？我手上的皱纹可是不少呢。"

"妈妈，你这么想可不行。又不是经常做美甲，所以必须要选一款漂亮的。你喜欢什么颜色？"

"保持时间长一些的就行。这个看起来好像挺贵的，应该能保持很长时间吧。"

"烫头发的时候也让理发师给做个时间能保持长久点的

发型，来美甲怎么还是这个要求呢。妈妈，这款怎么样，看起来很不错，像满是红叶的树林。上面再加上点金属parts，肯定会非常漂亮的。"

"parts是什么？"

"parts就是配件的意思。等指甲油都涂完后，再在上面加一些装饰用的配件，就会非常特别。上次我指甲上像飘带一样的东西就是装饰用的配件。还有像贝壳一样的石头。"

"妈妈还得做饭，指甲上要是有什么东西的话会不方便。而且我现在年龄大了，不喜欢太重的东西，反而喜欢轻的。知道我现在为什么总是拿环保购物袋吗？就是因为它够轻。手指甲更要轻一些才行。"

"好的，那就用渐变色的形式来彰显高贵和优雅吧。"

"渐变色又是什么？"

"就是把两种颜色自然地连接在一起。这个在重量上对指甲可没有任何负担。红色和金色选一个吧。"

"我不喜欢金色，但我喜欢金子。"

"妈妈，这里哪来的金子呀？"

就这样一边嬉笑着，一边挑选颜色。原本对于做美甲这件事感觉挺有负担的妈妈做完后非常喜欢，还说自己的手也变美了，好像找到了人生的色彩。虽然妈妈不喜欢装饰品，觉得有些碍手碍脚，但也可以建议妈妈放上一两个装饰品。

在美甲店，母女俩肩并肩坐着边聊天边做美甲，这会令没有女儿的人羡慕不已。让20岁停留在妈妈的手上，在指甲上描绘出她的梦想是献给妈妈最特别的悸动。

能把您的女儿借给我吗

\# 为了妈妈,
要注意自己的反应

妈妈和女儿之间是不是多了一条感情的纽带?不知道是不是因为情意相通,所以那些对儿子不抱有期待的事情都会转嫁到女儿身上。大部分的女儿在面对妈妈的时候都很善于表达,如同老朋友一般,母女二人像7月份的云雀,叽叽喳喳聊个不停。虽然有时也会因为说出的话过于直白,就像把锥子似的,扎得人生疼,但是很快也会因为一条道歉短信而冰释前嫌。

人际关系中最重要的是反应。无论是婚姻还是人生,都会因我们反应的不同而发生变化。母女之间也同样需要反应。想要变得幸福，母女互相成为对方反应的传递者吧。比如，品尝某道菜后的反应，爸爸、哥哥和弟弟一般会因为味道一般而说不好吃，如果女儿这时来一句"啊，真好吃"，妈妈就会非常开心。而且女儿的这个反应对妈妈厨艺的精进，堪比去烹饪班学习的效果。

进入 50 岁以后，妈妈饱受更年期的困扰。那段时期，无论什么事，都得听到别人说理解她、认可她的话后才有力气站起来继续前行。

"今天怎么这么漂亮呢？是不是最近皮肤变好了？"

"妈妈真是童颜呀，看起来一点儿都不像有我这么大女儿的人，就像我的姐姐一样。"

"这个怎么这么好吃呢？妈妈的手艺简直绝了！"

听到女儿的回应后，妈妈的脸上露出了甜甜的笑容。如果女儿都不了解妈妈想要得到认可、得到爱、得到肯定的心情，还有谁会了解呢？

让只有儿子的妈妈们最羡慕的一个场景就是母女俩亲密逛街。有位妈妈和儿子一起逛街，结果儿子一直在旁边嘟囔着"怎么又试穿呀？什么时候能买呀"，最后这位妈妈让儿子先回去了。这时她看到了旁边一位和女儿来买衣服的妈妈。那位妈妈每次在试衣服的时候，女儿都会在旁边惊呼：

"哇哦，这件衣服太适合你了！"

"哇哦，我的妈妈真是美极了！"

女儿的感叹声接连不断，这让只有儿子的妈妈羡慕极了，不自觉地冒出来一句话："能把您的女儿借给我吗？"

"妈妈，你看见了吗？"

"看见什么？"

"我对你的爱。"

和妈妈开个类似这样的玩笑吧。从口袋里掏出自己的爱心送给妈妈。

"妈妈，收好，这是我对你的爱。"

"别闹了。"妈妈虽然这样说，但不难发现，她的嘴角微微上扬。

"我的妈妈最好了！"

我们要经常，不，应该是习惯性给妈妈点赞。

不叫表情符号，叫表情包

#送妈妈表情包

女儿给生活在农村的妈妈发了个表情包，妈妈说好可爱，问女儿这是什么。

"这叫表情包，妈妈你不会不知道这个吧？"

"表情符号？还有这东西呢？"

"妈妈，这个不叫表情符号，叫表情包！"

"为什么不叫表情符号，而叫表情包呢？这不就是表情符号嘛！"

就这样惹恼女儿的妈妈最近竟然还自己买了表情包用。虽然每次女儿送表情包给妈妈的时候，她都会说现在的已经够用了，别浪费钱了，但实际上却是十分欢喜的，就像拥有了金银财宝似的。可妈妈的这种反应却让女儿很心酸。

表情包用韩语表示就是"图画语言"。这个词是由表示"情感"的英文单词"emotion"与表示"图标"的英文单词"icon"组合而成的。最初出现时只有几款，发展到现在，已经多到挑选不过来了。从中挑选一些可爱的表情包送给妈妈吧。表情包是能够让妈妈将隐藏于心底的少女情感充分表达出来的有效手段。在众多的表情包中，通过不同形式来表达美妙爱意的款式有很多，其实只要有一款自己喜欢的爱心表情包，每当打开聊天窗口的时候就会感到很幸福。

妈妈们最喜欢的表情包当属与女儿相关的。"最喜欢我家女儿了""最喜欢我家小狗狗了"……妈妈们都喜欢这种直接表达情感的表情包。类似"女儿，妈妈爱你！""乖女儿加油，吃饭了没？""小公主，干什么呢？"等这类可以直接表达出妈妈们内心想法的表情包。

Hello Kitty系列中的"Lovely Hello Kitty今天也粉色爆棚"直击妈妈们的心窝，马尔福表情包中的"包袱少女"也非常可爱。如果是喜欢搞笑类型的妈妈，圆润字体的方言表情包一定会让她们开心。对于喜欢动物的妈妈来说，如果送给她们类似表情包如羊嘴里说"小羊羔，急吗？忙吗？"，或者狗狗嘴里说"小狗狗，急吗？忙吗？"，抑或是熊嘴里说"哦！我的小熊"这样的表情包，她们一定会非常喜欢的。这种充满了撒娇与幽默的表情包能让收到的人露出笑容。

因把表情包说成"表情符号"而惹恼女儿的妈妈，最近又因为搞不清楚电脑的快捷键Ctrl+C、Ctrl+V，而再次惹恼了女儿。想想看，妈妈当初为了教女儿认识字母，为了教会女儿加减法，数百遍不厌其烦。为了教会她走路，更是尝试数千遍，哪怕女儿只是向前迈出了一步，都会毫不吝惜地鼓掌。为了让女儿明白世间道理，也是百遍千遍地说明。而女儿呢，竟会因为只是教了妈妈几次表情包或电脑的使用方法而发脾气。

妈妈，你吃过饭了吗?

妈妈

妈妈，你干什么呢?

妈妈

嘻嘻，我也爱你!

不要向妈妈发脾气，而是送给她一套表情包吧。有位女儿在送给妈妈新表情包的时候让妈妈换着用。妈妈说："你都让我成表情包女王了，大家可羡慕我了，都说我很潮。"

"妈妈，你就是很潮呀！"

女儿很喜欢这样神采奕奕的妈妈，说着说着笑容早已挂在了脸上。

焕发青春光彩

#给妈妈染头发

当我第一次看到妈妈头上的白发时，心里咯噔一下，心情不禁沉重起来。一想到妈妈长出白发也有我的原因，顿感内疚，眼睛湿润了。难道只有发型设计师才能让妈妈那干枯的头发重新焕发光彩吗？为了让妈妈充分感受到有女儿的成就感，女儿给妈妈染了一次头发。

准备好适合妈妈这种白发的染发剂，提前一天嘱咐妈妈别洗头，因为头发上残留的油脂可以有效抵挡染发剂对头皮的侵害。此外，还要嘱咐妈妈染发的前一天不要使用护发素。终于到了染发的这一天！做好准备工作后，可以放点音乐放松一下。正式开始染发之前，给妈妈均匀地梳一下头发。记得在发际线、耳边和脖子等部位涂上凡士林。染发过程中，如果不小心把染发剂弄到了其他部位的皮肤上，涂点凡士林就可以去除。

妈妈的头皮随着年龄的增长而度过了漫长的岁月，因此需要小心对待。如果没有头皮护理保湿营养液，可以稀释一些精油喷洒在头发上，10分钟之后再开始染发。将头发四等分，用发夹固定好，然后从后往前涂抹染发剂。因为前面的头发更容易吸收染发剂，所以比较适合最后染。

"妈妈，烫发或染发的过程中，你是看不到实际情况的，稍有不慎，就会损伤毛发。染发的时候时长要控制好，千万别以为时间越长越好。今天是我给你染，等你自己染的时候一定要注意。时间太长的话，颜色会变暗，而且对头皮和头发都不好。定好闹钟，一定要严格遵守说明书上的时间。"

在给妈妈涂抹染发剂的过程中，可以和妈妈分享一些有关护发养发的知识。也许是因为今天女儿的絮叨很得妈妈的喜欢，她一直都是笑呵呵的。

"妈妈，你的头发非常干枯，显得没有活力，以后一定要做好护理。染发过后如果用水温过高的水洗头，会使角质层打开，导致染发剂进入头皮而损伤发质，所以一定要用温水洗头。今天我来给你洗。"

染发后，妈妈变年轻了许多。只要女儿的技术好，那么双手所到之处都会焕发光彩。

"要是没有我女儿，我可怎么办呀？"

女儿之于妈妈，就是灵魂安慰者。

妈妈也曾是记忆中的少女

#陪妈妈
一起去她怀念的地方

妈妈曾经也是元气少女,看到喜欢的男生会心动,看到星星也会激动得睡不着觉,对未知的世界充满向往。

就像电影《远大前程》的女主角艾斯黛拉回到家乡的海边,电影《恋恋笔记本》的女主角艾莉与心爱之人划着小船回到小时候满是天鹅的湖边,妈妈肯定也会有在她少女时代或是未婚时代怀念的对象或场所。

"妈妈,你有没有怀念的地方?"

"想回上小学时生活过的小区看看,不过听说已经被拆了。"

"那你有没有想去的地方呢?妈妈想带我去看的地方,或者是你好奇的地方?"

"没结婚的时候,我曾经在一家服装店打过工,现在偶尔还会好奇,这家店现在还在不在?"

"那咱们今天就去那儿看看吧,妈妈。"

在去的路上,妈妈和我分享了许多发生在那里的故事。妈妈就像是唤醒了年轻时的自己,一路上说了很多,完全沉浸在回忆中。

"当初在这里打工的时候,我可是非常受欢迎的。这家店旁边是一个饭店,但我却不能去那家饭店吃饭。因为总有人拜托饭店老板介绍我和他认识,我年轻的时候可是让好多男孩子伤心地哭了呢。"

"那我爸爸还是幸运儿呢。"

"你爸爸当时还和那些男生打打闹闹的。看到这家服装店,那时候的事情都历历在目。当初只关注你爸爸的外貌了,他的性格应该好好考察一下的。"

"可不是嘛。妈妈，如果能回到从前，让你重新选择的话，你就不会选爸爸了吧？"

"那就不会生下你了呀，所以还得选你爸爸。因为不能错过像你这样的女儿呀。"

"妈妈最好了！"

对于妈妈来说，她怀念的场所有两种。一种是过去非常受欢迎的地方，另外一种是饱含心酸生活过的地方。两种地方发生的故事我们都听听吧，妈妈怀念的地方如果有酒吧，就进去和妈妈边喝边聊。妈妈伤心就陪她一起伤心，妈妈开心就陪她一起开心，全身心投入她讲述的故事里。

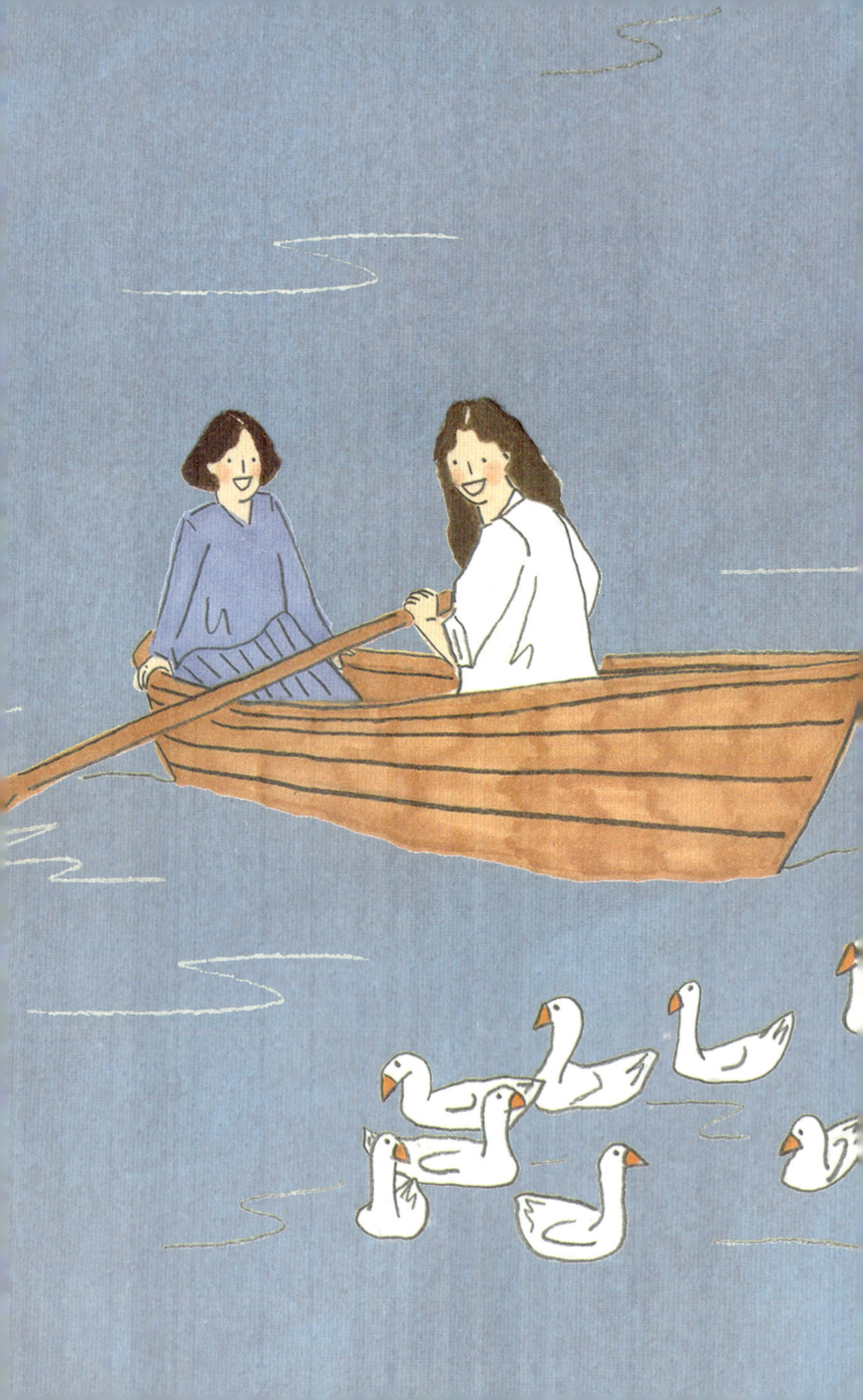

人生就像少了5千克一样，完全不同了

#和妈妈一起减肥

妈妈能给女儿最好的礼物是什么？难道不是在女儿面前展现出的健康和积极的生活态度吗？传给女儿的财产也许会让女儿在一定时间内感到开心，但却无法照亮女儿的内心。因为这样很容易让女儿也像妈妈一样，为了给下一代留下物质方面的财产而被生活所牵绊。而妈妈积极健康的生活态度则会对女儿未来的生活产生长期正向的影响。

如果对自己的健康状况都不自信的话，就会对生活失去信心，精神状态也会发生变化。反之，对自己的健康状况非常自信的人，则会容光焕发。

45岁以后，很多妈妈就意识到身体已经不再受自己掌控了，便开始通过运动来锻炼身体。运动成了迎接自己中年阶段身体的仪式。

健康和减肥是一体的。肥胖是万病之源，所以不仅是为了外貌，同时也是为了健康，一年四季都需要注意身材的保养。如果母女二人能够共同关注健康和减肥，就会出现事半功倍的效果。减肥的时候如果身边能有个伴儿，或者有支持者，就很容易成功。这个对象如果是妈妈或者女儿的话，就说明我们已经站在成功的门口了。

妈妈的问题是，即使刚吃过东西，也会马上感到饥饿。这种饥饿感不是真的胃里空，而是心灵空虚，所以容易被甜食诱惑。变胖很容易导致疲劳无力，穿衣服时，会因为不断增加的尺码而感到恼火，这种恶性循环也会不断反复。妈妈也知道自己需要减肥，但被生活所累的妈妈已经没有多余的力气去反复减肥。这时，作为女儿，一起陪妈妈减肥吧。

为了达成健康和减肥这两件事，需要注意以下三点：

首先，健康的饮食生活。减肥的核心是远离碳水化合物，甜点充满了诱惑力，刚开始的忍耐也许会很辛苦，但只要坚持下来，忍耐本身也会成为日常生活中的快乐所在。

早上多吃蔬菜，之后吃的东西就会变少，慢慢地体质也会发生变化，身体不会再因为肚子饿而想要吃东西了。如果想减肥，就要常吃清淡的蔬菜，多吃豆腐、鸡蛋、地瓜、洋葱等，用糙米来抵御面包和甜食的诱惑。如果真的非常想吃面包或甜食，就用糙米做切糕，吃的时候可以蘸少许蜂蜜。

当肚子发出咕噜噜的声音时,说明我们的身体正在进行清洁。如果此时就餐,就如同往正在打扫的房间里胡乱扔东西。咕噜噜的声音不正是长寿基因发出的声音吗?享受饥饿这种情感类的游戏对减肥是很有必要的。

其次,坚持运动。减肥的核心被看成是体重的增减问题。摄入食物的总热量如果高于消耗的热量,体重就会增加。反之,消耗的热量如果高于摄入食物的总热量,体重就会减少。如果我们能多运动,适当锻炼出一些小块肌肉,这些肌肉将会成为卫兵,保护我们的身体健康。

一个人做运动真的很孤独,虽然我们要享受这种孤独,静待美好的结果,但如果母女能一起运动,就不会那么难熬了。即使是深蹲和俯卧撑,如果两个人能互相数着做,也会越做越有劲儿的。

最后,充足的睡眠。身体想要充满力量则需要激素的帮助,尤其是有着治愈效果的褪黑素。褪黑素是当人体完全处于黑暗环境下,达到深度睡眠状态时所产生的一种激素。只有睡得好,身体才能分泌出更多的褪黑素,为重获力量做好准备。所以,减肥的人需要好好睡觉。

我也在努力地践行着这三点，但中途还是有令自己崩溃的时候。看到那些通过坚持运动保持身材的人，真的让人很羡慕，因为他们看起来很美。

都说减肥成功的人不久后都会有奇迹出现。如果减掉了5千克，就会出现5千克的奇迹。健康母女在一起欢声笑语走路的样子，比任何风景画都要生动、美丽。

Chapter 3

我们并肩而视的
世界更加耀眼

这本书里有我的爱

#送妈妈一本书

越是能通过书籍获得感受、感悟并明白很多道理的妈妈就越会劝女儿多读书,因为她们知道书中蕴含着知识与智慧。阅读就是把别人的知识与智慧变成自己的。体验过这种喜悦的妈妈也希望给心爱的女儿同样的幸福。

母女俩一起阅读可以给人启示并能指明人生道路的经典名著。虽然经历了时间的洗礼,但经典名著依旧很受欢迎。在读完一本书之后,母女俩可以分享各自从书中得到的启发。

和妈妈一起读一读托尔斯泰的《战争与和平》和《安

娜·卡列尼娜》,夏洛蒂·勃朗特的《简·爱》,雷马克的《凯旋门》。我们很容易把经典名著当成普通的老旧书籍,但如果你感觉生活很辛苦,便可以从这些名著里出现的人物那里获得自己想要的答案。

年轻人面对的苦恼,书可以给出答案。因为世界在转变,所以尽享瞬间的欢愉吧。"阅读经典,人生才不会难过"这种说法并不是毫无根据,因为人体能够产生可以承受悲伤和痛苦的"感性肌肉",而经典的力量可以让"感性肌肉"更加结实、强大。

除了名著以外,还可以给妈妈推荐一些近期出版的书籍。翻书看的样子很美,有声读物也可以让我们感受到幸福。所以,把与经典名著相关的有声读物送给妈妈吧。

另外,我们送书给妈妈的时候,在书中放入心形的贴纸,向看完这本书的妈妈提出约会请求,一起去喝杯茶,相互分享读后感。

想想这个画面,可真不错!

开启共享感受之窗

#和妈妈共享
歌曲播放列表

妈妈对女儿最近听的歌很好奇,而女儿对妈妈最近听的歌却并不关心。妈妈会经常想女儿,而女儿只是偶尔才会想妈妈。这既是真理,也是情理。当有一天女儿也成了妈妈,那这个状态就会发生改变。

"这些是我最近存在播放列表里的歌,妈妈要不要听一听?"

女儿分享的歌单对妈妈来说就是这个世界上最完美的播放列表。女儿听的歌,歌词都像诗一样。原来我的宝贝女儿听这些歌可以消除疲劳呀，这样想着想着，女儿最喜欢的曲目最终都会成为妈妈最爱的曲目。因为是女儿过马路时听的歌，所以很珍贵；因为是女儿洗澡时听的歌，所以很宝贵。妈妈去旅游时听的歌单中也会加入女儿的歌单。仅仅是女儿喜欢的歌这一个理由，就可以融化妈妈的耳蜗。

"妈妈，只有歌曲才是我的慰藉。因为音乐不会改变，不仅给予我安慰，而且还不会抛弃我。"听这首歌的时候我大哭了一场，我曾经试想过，在波斯菊花海中听这首歌是什么样的心情，在铺满落叶的小路上听这首歌会有怎样的感受。只是想想都觉得美好。

女儿推荐的歌曲都传递到了妈妈的心坎里。母女间的感情是由脐带相连，自然而然，在音乐方面的感知也是相同的。

忧郁时听的歌曲，兜风时听的歌曲，适合不同季节听的歌曲，节假日在高速公路上开车时听的歌曲，闲暇时跟着唱的歌曲等，听了女儿推荐的歌，就如同女儿在身边一样，所以倍感珍贵。

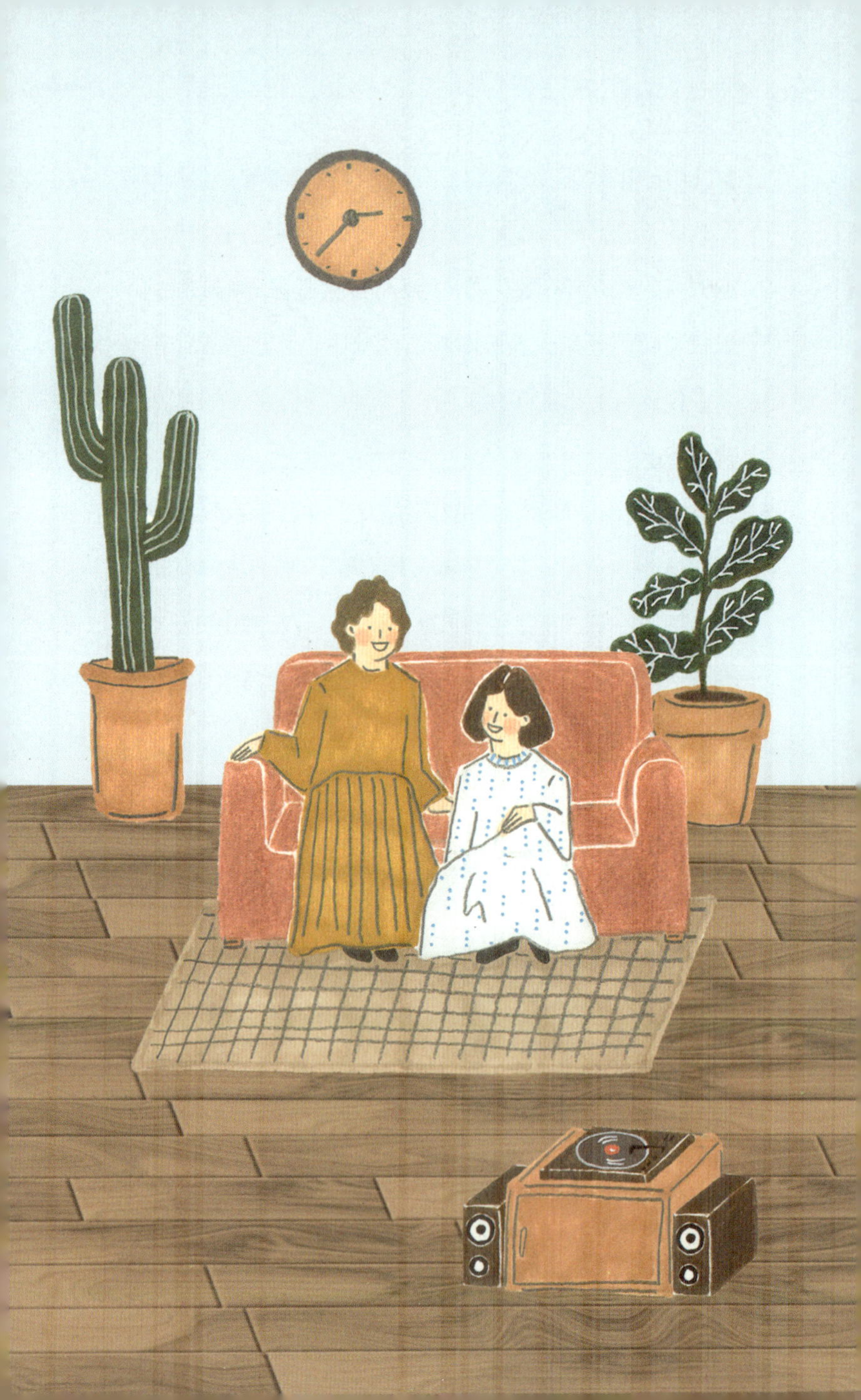

音乐的力量是极大的。我甚至感觉音乐是这个世界真正的掌权者。据说德国伟大的思想家恩格斯早年失恋的时候在家播放音乐，音量大到感觉墙壁都出现了裂缝，由此摆脱了失恋所带来的挫败感。

在这个艰难的世界中，妈妈感谢女儿分享给自己那些歌曲，它们能给予妈妈坚持下去的力量。有时妈妈还会因为这些歌曲而落泪。二十几岁和三十几岁的人在情感和体力方面都会有差异，但唯有音乐能跨越年龄差。有女儿的妈妈在感情方面一直很丰盈，难道不是因为女儿经常会和妈妈分享关于音乐和文化方面的感受吗？

和妈妈在 KTV 开场演唱会

#陪妈妈去 K 歌

我曾经和妈妈去过 KTV,那次妈妈唱的歌至今还萦绕在我耳旁。妈妈的声音优雅动听,所以在她唱歌时,我一般都会翩翩起舞。此时,妈妈容光焕发,还会笑着说"哎哟,跳得真好"。因为想看到妈妈美丽的笑颜,所以我会跳得更卖力。

虽然妈妈已经去世几年了,但她的声音、她唱的歌曲、属于她的那些记忆都会激起我内心的涟漪。现在我偶尔也会唱起曾经和妈妈去 KTV 唱的那些难以忘怀的歌曲。所以偶尔和妈妈一起去 KTV,让妈妈在那里开一场演唱会是不错的选择。

正常情况下，无论是谁，都会经历妈妈离开这个世界的那个瞬间。那个瞬间可能来得措手不及，我就遭遇了这样的一刻。每当思念妈妈的时候，我都会听一听当初在KTV录下来的妈妈的歌声。一想起当时妈妈那幸福的样子，眼眶就不禁发热。

不久前，我们姐妹几个在听以前录的妈妈唱的歌时，听着听着，我们都不约而同地痛哭起来。思念之情无法自制，孩子似的大声哭喊着："妈妈，妈妈……"

妈妈唱歌的时候让我们深切感受到她是那么美。虽然和妈妈一起去KTV是一件很平常的事，但却令我们永生难忘。

母女观众的呐喊

#和妈妈
一起去看演唱会

和妈妈没做过的事中,有一件事一直记挂在我的心头。现在想起来还是会忍不住哽咽,甚至难受到拍打自己的胸口,喊出"妈妈,妈妈……"

那天是妈妈最喜欢的歌手金惠子开演唱会的日子,妈妈拿着提前购买的票激动地去了演唱会现场,爸爸也一起去了。演出开始前,大厅里挤满了人,妈妈却突然感到头晕。

妈妈把演唱会现场误认为是机场,还询问了去济州岛的航班。那天也是妈妈的记忆开始出现问题的日子。最终妈妈没有去演唱会现场，而是回了家。因为妈妈的眩晕症严重了。

我想着妈妈一定会好起来的，等好了之后可以再去看演唱会。我当时认为等妈妈好了以后再提前预订她喜欢的歌手演唱会的门票，然后手拉手一起去看就行了。但是……一切都来不及了。从那以后，就再也没有机会和妈妈一起去看演唱会了。

千万不要把想和妈妈一起做的事往后推，因为妈妈等不了那么长的时间，岁月也不会等我们，到最后就只剩下后悔。早知道就早点做了，早知道当时就做了……该着急做的事不做，净做一些无关痛痒的事。最后只能是成全了别人，而委屈了妈妈。

妈妈们也都有属于自己的"哥哥"，那些曾经高声呐喊的明星"欧巴"。为了帮妈妈重温那段时光，和妈妈一起去看演唱会吧。一定要趁早，哪怕就早一天。其实，随着时间的流逝，我们会明白，和妈妈一起创造回忆比任何事情都紧急。

我们可以和妈妈一起去看她喜欢的歌手的演唱会，还可以和妈妈一起看她喜欢的节目的录制。我们需要做的第一步就是在符合条件的节目网站上写一份以"想和妈妈一起去录影"为题的申请。

演唱会那天，和妈妈一起展现出最好的状态。母女俩眼中都充满着爱，手牵手前往演唱会现场。进入演唱会现场后，妈妈也许会变得让女儿认不出来。看到自己喜欢的歌手出场，妈妈也许会失去理性地大声呼喊"欧巴——欧巴——"。如果可能的话，再带上望远镜，以便妈妈使用，妈妈欢呼时，也和她一起大声欢呼。

看完演唱会在回家的路上，可以畅谈刚看过的演唱会。这也会唤起对过去的回忆。

"妈妈，我初二的时候想去看现场演出。那时候你非但没说我，还帮我买票，谢谢妈妈。"

"其实我当时也是想说你的，但突然觉得好像在哪里见过这种场景。仔细想了想，这不就是我过去的样子嘛。那时，我疯狂迷恋全英录，你姥姥就说'等你以后也生一个像你一样的女儿，你就了解我的心情了'。因为想起了这件事，所以就什么也没说了。"

聊着聊着，就会把最近遇到的困难也都说出来。

"最近公司出现了一个对我非常不友好的人，所以工作得很辛苦。但今天通过呐喊释放了所有的压力。"

"怎么能对这么善良的你不友好呢，这个人也真是的。如果还是招惹你的话，你就对他更好一点儿，这样误会就慢慢解开了。"

如果是平时，女儿肯定会气呼呼地说"怎么说这么无聊的话题"，但看完演出之后会产生一种神奇的力量，这种力量能让女儿欣然接受所聊的话题。看同一场演出，一起鼓掌，一起欢呼，结束后关系肯定会更加亲密。

人类身体呈现出的信息

和妈妈
一起去看芭蕾舞演出

歌剧、音乐剧、话剧固然好,但如果有机会能和妈妈一起去看一场不错的演出,那我强烈推荐去看芭蕾舞演出。因为芭蕾舞演出不仅能听到管弦乐队的现场演奏,还能观看到芭蕾舞表演,尽享精彩的故事情节。无论是哪种演出,形式都差不多,但第一次看到的至关重要。

我看的第一场舞蹈表演是文勋淑出演的《天鹅湖》,备受感动的我后来经常去看舞蹈演出。2004 年在世宗文化会馆（位于韩国首尔，是一座集演出、展览为一体的建筑）上演了《奥涅金》，我完全被演员们的表演所震撼。那次是斯图加特芭蕾舞团的演出，奥涅金由芭蕾舞演员姜秀珍出演。当时我完全沉浸在了演员的表演中，甚至忘记了自己是坐在观众席的观众。那次，我欣赏到了极致的美。

姜秀珍飞起来了，她的肩膀上好像长了翅膀。她就是仙女，是派遣到地球上的仙女。这位仙女用芭蕾舞向地球上的人们传递着信息，告诉我们要努力生活，只要努力，一切愿望都能实现。这场演出令我感动不已。

姜秀珍在刚加入斯图加特芭蕾舞团的那几年里，别说独舞了，连跳团体舞的机会都没有。那段时间，她住在德国一个阴暗的地下室内，每天看书，吃外卖比萨，苦苦坚持着。在孤独和压力的双重压迫下，她胖了10千克，不得不做出选择：是开始一场与自己的战斗，还是放弃。最终，她选择了前者，而那段与自己战斗的时间也让她取得了现在的成就。

艺术表现生活。如花般绽放的舞蹈家们穿着芭蕾舞鞋尽情地跳转着、翱翔着，通过舞蹈来传递信息。芭蕾舞演员平均每周会穿坏3双芭蕾舞鞋，而如此艰苦训练的最后，是一场让观众感动的演出。她们可以像陀螺一样不停旋转，这并不是因为她们有什么魔法，而是利用了物理学原理进行训练的结果。

在许多电视剧中，想要传达重要主题时也会引用芭蕾舞场景来带动观众的感情。因为现在很少有场景能像芭蕾舞这样真切地传达人类情绪的极限忍耐。舞蹈演员只关注刚出发时的一个点，将传达给大脑的视觉信息最小化，不停地旋转，看到这个场景我不禁热泪盈眶。要如天鹅的脚需要在水下练习无数次才能让自己自由畅游于水面一样，芭蕾舞演员们得经历多么严苛的训练呀！也只有通过不懈的努力，她们才能在舞台上完成每一个美妙的动作。

像鸟儿一般轻盈地飞向天空的动作，在没有台词的情况下，仅仅依靠舞台来展开故事情节的表现力……用身体呈现的艺术给观众带来了与其他艺术形式完全不同的震撼。因为芭蕾舞演员需要经历一段撕心裂肺的痛苦后才能用芭蕾舞剧的形式展现在观众面前。唯有芭蕾舞才能让人们切身体验到身体艺术所带来的巨大感动。

和妈妈看完芭蕾舞表演后，心里一定会很充实。看到美好的事物，接触到美学的魅力，这种喜悦会搭乘妈妈和女儿的血管传遍全身。

大人并不一定是对的，
难道不是吗

与妈妈交换
爱情片的观后感

妈妈去世后，还有一件令我追悔莫及的事，那就是没能和妈妈一起看场电影。我和爸爸一起看过电影，看完后还一起吃了东西，怎么就没和妈妈也看一场呢？正因为这只是件小事，才让我更加后悔。如果能给妈妈一周的假期，我想用一天的时间和妈妈来一场电影院约会，先去看场电影，然后再一起吃顿饭。

和妈妈一起去看一场她喜欢的爱情片吧，看完之后再和她聊聊有关爱情和婚姻的话题。哪怕不是最新上映的，看一部老片也可以。比如2009年上映的电影《意外之夫》就是不错的选择。如果仔细挑选，就会发现有很多适合谈论婚姻话题的电影。

《意外之夫》中，广播主持人兼"爱情专家"的艾玛（乌玛·瑟曼饰）和浪漫细心的出版社管理者理查德（科林·费尔斯饰）是恋人关系。二人即将结婚，艾玛在节目中倾听一位名叫索菲亚的听众的烦恼，她们的对话内容如下：

"现在有个可以结婚的对象，但我却有点犹豫，我该怎么办呢？"

听罢，艾玛给了索菲亚这样的建议："首先确认如下四点。第一，他有没有责任感。第二，他是否真的适合你。第三，他是否成熟。第四，你们二人是否心灵相通。不要做被选择的那个人，要做主动选择的人。不明事理的男人一定要丢弃，多去见见成熟的男人吧。43%的夫妻会选择离婚，所以一定要慎重选择。"

索菲亚回答说她怕悔婚。艾玛再次建议道:"你害怕孤独吗?那你知道比孤独更可怕的是什么吗?那就是一辈子都和不适合自己的人一起生活。按照你内心深处的指引进行选择吧。"

电影中,艾玛爸爸对人生哲理的阐述非常到位:"我也是在经历了几次错误选择后才遇到了真正的另一半。不要紧的,没必要一定是正确答案,稍有失误也没关系。"

如果世上的父母都能像艾玛爸爸这样开明,就没有理由和孩子吵架,也没有必要发生矛盾了。然而,现实世界中的父母并非如此。妈妈们口中的唠叨出奇地一致,都是"你快点结婚吧",母女之间最大的矛盾一般都是围绕着结婚问题展开的。妈妈只有找到那个可以让女儿托付终身的人才能安心,她们把给孩子找到人生的伴侣视为此生最重要的任务。

母女间有时还会因为与结婚对象在价值观方面存在差

THE *accidental* HUSBAND

我年轻过,
但你有老过吗?

哎呀,妈妈的年轻时代和
现在年轻人不一样了!

异而发生冲突。父母曾经生活在人生会因自己的另一半而发生改变的时代，所以他们希望自己的女儿也能沾到人生伴侣的光。然而，现代社会的女儿们更希望能找到一位有共同语言，能手牵手一起去旅行的人作为人生伴侣。最好是能够一起进步，或是能在一旁默默支持自己的人。靠自己获得成果就行了，没必要靠另一半，这种价值观的偏差导致父母和子女之间产生了矛盾。

妈妈说"我年轻过，你老过吗"，女儿会提出异议"妈妈是过去年轻过吧，可不是现在，难道不是吗"。如果母女俩在婚姻观方面出现类似的冲突，那就一起看部爱情电影吧，看完电影再一起去咖啡厅聊聊观后感。

一起分享有关爱情和婚姻的看法，不知不觉热咖啡都会变凉。也许聊着聊着还会掉眼泪。即便如此，也希望能和妈妈一起聊聊有关婚姻的问题。一起观看的电影中出现的台词或场景会起到缩小母女二人价值观差距的作用。

母女之间的"心有灵犀"

#和妈妈一起改变
家里的装修风格

我向妈妈提议:"妈妈,咱们改变一下家里的装修风格吧。"

"你想改变哪方面?"

"统一一下家里的颜色吧。咱家的颜色太杂了,等我给你拿些样品看看。"

女儿给妈妈看了一些之前存在手机里的装修图片,都是简约风格的。

"妈妈,你说过现在越来越喜欢简约风格了,是吧?咱们把这里的这面墙整理一下，空出来怎么样？贴上有带状条纹的白色壁纸，上面再放个装饰品点缀一下。爸爸不是喜欢植物嘛，咱们可以挂一个绿植的相框。桉树的相框怎么样？绿色的叶子很漂亮，也很显眼。"

就这样，室内改装开始了。在这个过程中妈妈和女儿都感受到了她们之间的感觉是相通的，这就是所谓的"心有灵犀"吧。女儿从出生开始，不，是还在妈妈肚子里就已经和妈妈共享所有的感觉了，所以能达到心有灵犀的程度也是理所当然的。当然，在细节方面有可能产生矛盾，在装饰品的选材方面有可能也会唠叨几句。

"桉树"（Eucalyptus）是希腊语"美丽"与"笼罩"的合成词，该词源于花的样态。在澳大利亚，勤快的人被称为袋鼠，而懒惰的人则被称为树袋熊（考拉）。树袋熊一天能睡20小时以上，它们只有在吃桉树叶的时候才会睁开眼睛，从睡梦中醒来。

绿色配上白色或灰色会给人一种非常干练的感觉，或者一看就能让人联想到圣诞节的红色和海蓝色。确定好亮点颜色后，可以将其使用到家里的靠垫、桌垫和伞架上。

按照母女的设想改装房子的过程本身就充满了乐趣。如果母女俩将这个过程上传到社交软件上也是不错的选择。

不怎么占空间的壁挂植物和墙面展示是最近比较受欢迎的装修风格。果断地空出一面墙，将其打造成展示空间。挂一些能体现家族历史的照片，等来客人的时候，可以供客人观赏，以此来增进了解。只要家里的颜色协调了，氛围就会发生质的转变。节日的时候，稍加装饰就能让家里充满生机与活力。

我们家的家装很适合换季时驱赶过去的倦怠感。母女俩一起尝试的家装改造是能够充分展现母女之间"甜蜜默契"的"甜蜜趣味"活动。

妈妈，请再念一遍 R 和 L

教妈妈外语

妈妈那一代人会英语的并不多，甚至有人认为英语好的人属于上流社会的人，而英语不好的人则属于下流社会的人。因此有人会因为英语不好，而畏首畏尾，其实真的不必如此。如果母语不好会不好意思，但如果英语不好并不丢人，尤其是在国外，更不需要怯场。

女儿之所以要教妈妈英语会话，一方面是在传授语言，另一方面也是在教妈妈如何建立自信。

曾经听说了一对母女去欧洲旅行的故事。她们明明提前预订了酒店，可当她们到达欧洲的某个酒店时却被告知

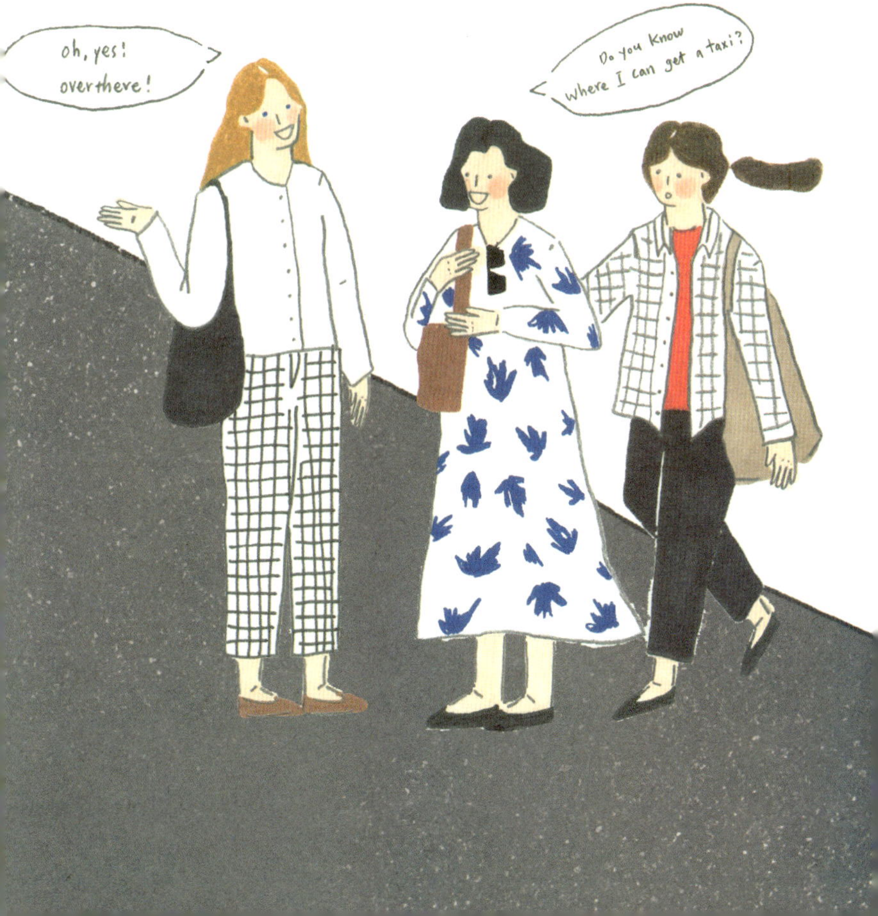
oh, yes!
overthere!
Do you know
where I can get a taxi?

没有预约成功，而目前该酒店只剩下费用高的房间了。妈妈当时被穿戴整齐的酒店职员散发出来的气场所压倒，于是对女儿说："女儿，可能是哪里出问题了，要不咱们就加点儿钱，住贵一点儿的房间吧。现在是休假时间，房间紧张也正常。"

但女儿却把妈妈拉到身后，自己上前一步，眼睛炯炯有神地问酒店职员："我确实预订了房间，我手机里还有当时预订成功的截图，这是你们的失误，我们一定要住提前预订好的房间。"

可是职员还是抵赖说没有预订记录，目前只剩下费用高的房间了。女儿再次用坚决的态度要求那位职员道歉。虽然女儿的英语并不算好，但还是用简短的语言进行着交涉。最终酒店经理出来调解此事，让她们住进了之前预订的房间，并且为了表示歉意，第二天早上还送了顿丰盛的早餐。

通过这次经历，妈妈意识到在国外更应该挺直腰板，而且只要会说几句能表达自己想法的英语就够用了。旅行回来，妈妈就开始学习英语，现在已经能和外国人进行简单的会话了。但她到现在还是分不清 R 和 L 的发音，一直在练习。

这个时代妈妈们不了解、不会的事情，女儿们都能给她们搞定，所以女儿们教妈妈说英语吧（其他外语也行）。

"妈妈，你的发音太棒了。"即使进步不大，也不要吝啬，用自己的双手鼓掌夸奖一番吧。绝对没有比女儿的认可更能让妈妈感到幸福的事情了。

打架子鼓的女士

和妈妈一起学乐器

有一个女儿不久前开始每周都和妈妈一起去学一次架子鼓。原来是想自己去,但休息日的时候看到妈妈一整天都有气无力地躺在家里,于是就把妈妈扶起来说:"妈妈,我想学架子鼓,你要不要一起学呀?"

刚开始还说"我疯了吗,和你一起学架子鼓"的妈妈,在听完学习班的介绍以后说"要不我也去试试"。就这样,母女二人开始了架子鼓学习。现在,女儿是差生,而妈妈是高才生。妈妈的架子鼓实力日益精进。

妈妈在做饭的时候也会用汤勺和锅铲演奏,原本暗淡的脸上泛起了红晕，并且总是面带笑容。学习一种乐器意味着人生多了一种可能，也让原来了无生趣的人生充满了生机。

钢琴、吉他或者口琴都可以。妈妈和女儿一起学一件乐器吧，通过学习，一起克服困难，相互鼓励，梦想着有一天母女二人能同台表演。

对于母女二人来说，一起学习、一起大笑的瞬间就像是绿意盎然的五月，那是一段耀眼、美好的时光，被记忆为绿色五月。

妈妈画中的我

和妈妈互画彼此

偶尔会产生画幅自画像的想法。自画像（self-portrait）这个词是由"自己"（self）和"肖像"（portrait）两个词组成。而词典中显示，"portrait"源于拉丁语"protrahere"这个词，含有"挖掘、发现、揭示"的意思。

画自画像就是自我发掘的过程，这也是为什么说世界上最会画自己的人就是自己。说到底，最了解自己内心深处的那个人，只有自己。

自画像并不单纯指描画出自己的样子，它还可以表达内心世界。画家弗里达·卡罗在度过了人生最痛苦的那段时期后，画了一幅自画像，画中她将自己的身体画成了被好多支箭射中的正在流血的鹿。这种用画来表达自己内心感受的行为具有特殊价值。

除了自己以外，妈妈是最了解自己的人之一。如果和妈妈在同一空间里消磨时间的话，不妨尝试画画对方。

"上小学的时候，怎么就那么羡慕拥有很多支蜡笔的孩子呢？那时，比起住在两层建筑里的孩子，更羡慕那些拥有很多支蜡笔的孩子。现在，不用再羡慕他们了，我已经在网上订购了64色的蜡笔来画自画像。"

时间允许的话，如果能和妈妈一起去文具店采购绘画工具就更完美了。无论是使用颜料，还是蜡笔，抑或是铅笔都可以，手拿画笔面对面坐下，画出对方的样貌。绘画的过程中还会有新的发现，眉毛长得好像……鼻子长得好像……

描绘女儿样貌的妈妈内心会非常充实："我女儿长得真漂亮，怎么不知不觉长这么大了呢？"

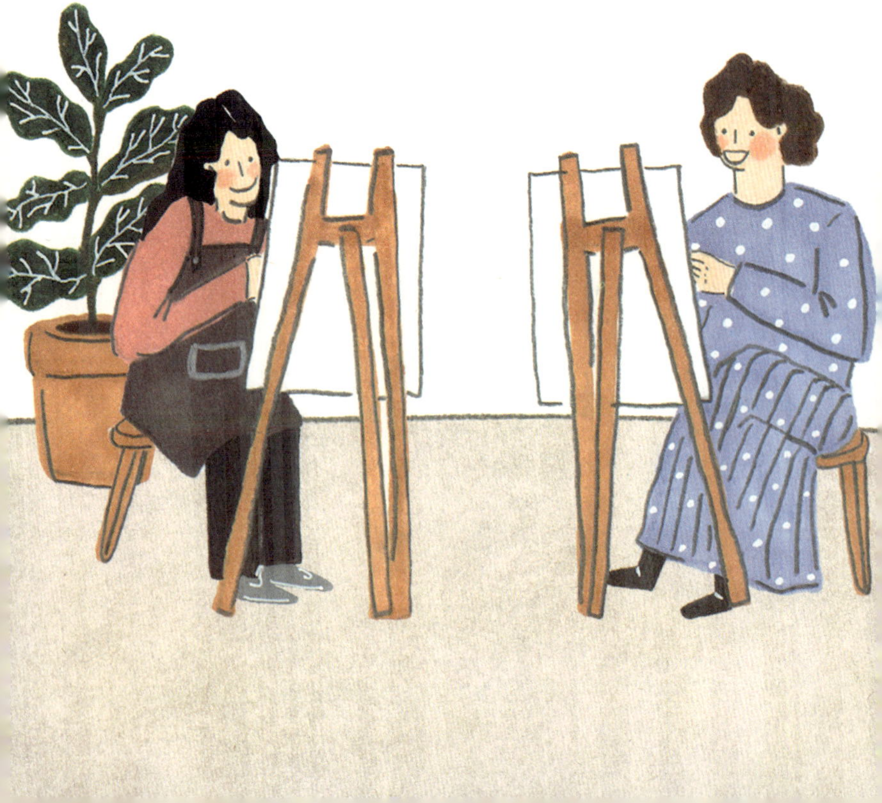

而描绘妈妈样貌的女儿则会哽咽出声:"妈妈真是老了好多呀。很抱歉让你操心了。"

画的不是对方的样貌,而是彼此的内心,在这个过程中可能会想起过去因为无法沟通而吵架的场景,也许还会因此而心痛。

"我会更加理解你的,就这样继续美丽下去吧,我的女儿。"

"我会更爱你的,不要再老下去了,我的妈妈。"

想起那些因为无法沟通而相互伤害的过往,下定决心以后要做得更好。

绘画的过程中还会再次领悟到,妈妈和女儿沟通时,因为性格不同,说出的话也会不同,这时候就需要站在对方的角度去思考。母女之间更是如此,就算对方说的话很难听,也应该试图去理解。这才是母女之间进行对话的正确打开方式。

画好之后,再给作品起个名字吧。

我的就叫《我的妈妈》。

妈妈的则叫《我的女儿》。

《妈妈的脸庞》《女儿的脸庞》……

《妈妈的内心》《女儿的内心》……

在互相描绘着这个世界上最珍贵的事物——对方的内心时，会突然领悟到一个道理：不要被自以为很了解妈妈的这个想法欺骗，而导致忘记了妈妈的珍贵。如果因为总是在一起，总是在身边，完全习惯对方的存在而忽略了那份宝贵的心意，那将是一件非常痛心的事情。

Chapter 4

妈妈和女儿的爱
也在蔓延

感觉到人生花样年华的瞬间

#探访曾经度过
人生低潮的小区

花样年华是指"人生最美好的瞬间"。说起花样年华，女儿们可能会想起防弹少年团的唱片，而妈妈们则会回想起张曼玉和梁朝伟主演的电影。

"如果有人问我最幸福的瞬间是什么时候，我一定会回答他说，我最幸福的瞬间就是当我彻底度过人生最艰难岁月的那个瞬间。"这是一位企业家在接受采访时说过的话。

人生的花样年华并不是指曾经一帆风顺的年轻时代，而是战胜困难和艰难险阻的瞬间。然而，要想对这句话产生共鸣，很多人还需要时间，而且很多人正处于绵延不断的痛苦中。

据说有个女大学生和妈妈一起去大学路（韩国首尔的一条马路，以表演文化和青春气息而出名）看演出，顺便还去了趟15年前租住过的房子。虽然当时租住的房屋已经被拆除，现在早已建成了新的建筑，但当时的天空，当时小区的空气依旧清晰地留在记忆中。

父母和3个儿女，5个人曾经租住的房子并不大，他们只能挤在小小的空间里。女儿说，那是生活在有独立卫生间的人无法想象的情景。上厕所必须去外面的公共卫生间，有一次，哥哥在路上小便时被小区的一位老人暴打了一顿，哭着回了家……那真是一段每天都生活在极度贫困中，整日担惊受怕的日子，现在回想起当时的情景，心中都会袭来阵阵寒流。

也许对于某些人来说，大学路是充满浪漫和艺术气息的街道，但对这对母女来说却是充满血泪的贫困综合体。因为这次是中了观看免费演出的奖励，所以才带妈妈来了这个小区。

"妈妈，不管怎么说咱们现在也住上了有独立卫生间的房子，已经很幸福了。"

"是呀，我们继续努力生活吧。不管我在哪里生活，都会因为你是我的女儿而感到幸福。"

这样的对话让全家人因为当时那段艰难的日子而备受便秘困扰的事情都能被当成笑话说出来。

共同经历苦难的感觉要远比血液亲情更加浓厚、强烈。当时的那段日子对这家人来说不会被认为是花样年华，但克服那段困难日子的瞬间总有一天会被记忆为耀眼的时刻。

牵着妈妈的手，一起踏入困难时期曾经生活过的小区的瞬间，妈妈和女儿就明白了一个道理：无论何时，无论何地，无论何种状况，一家人在一起的时光就是花样年华……

妈妈，谢谢你生下我姐姐

展现最亲密的
同胞兄弟姐妹情

什么时候的妈妈最幸福？回想一下，好像是她看到我们姐妹几个和睦相处时。每到其中一人的生日，我们都会先给妈妈打电话。

"妈妈，谢谢你生下我姐姐。"

"妈妈，感谢你生下箐琳当我妹妹。"

如此一来，妈妈就像是拥有了全世界一样幸福。

我们姐妹几个一见面就嘻嘻哈哈说笑个不停，妈妈虽然会在旁边说"你们几个天天见面，怎么还有这么多话要

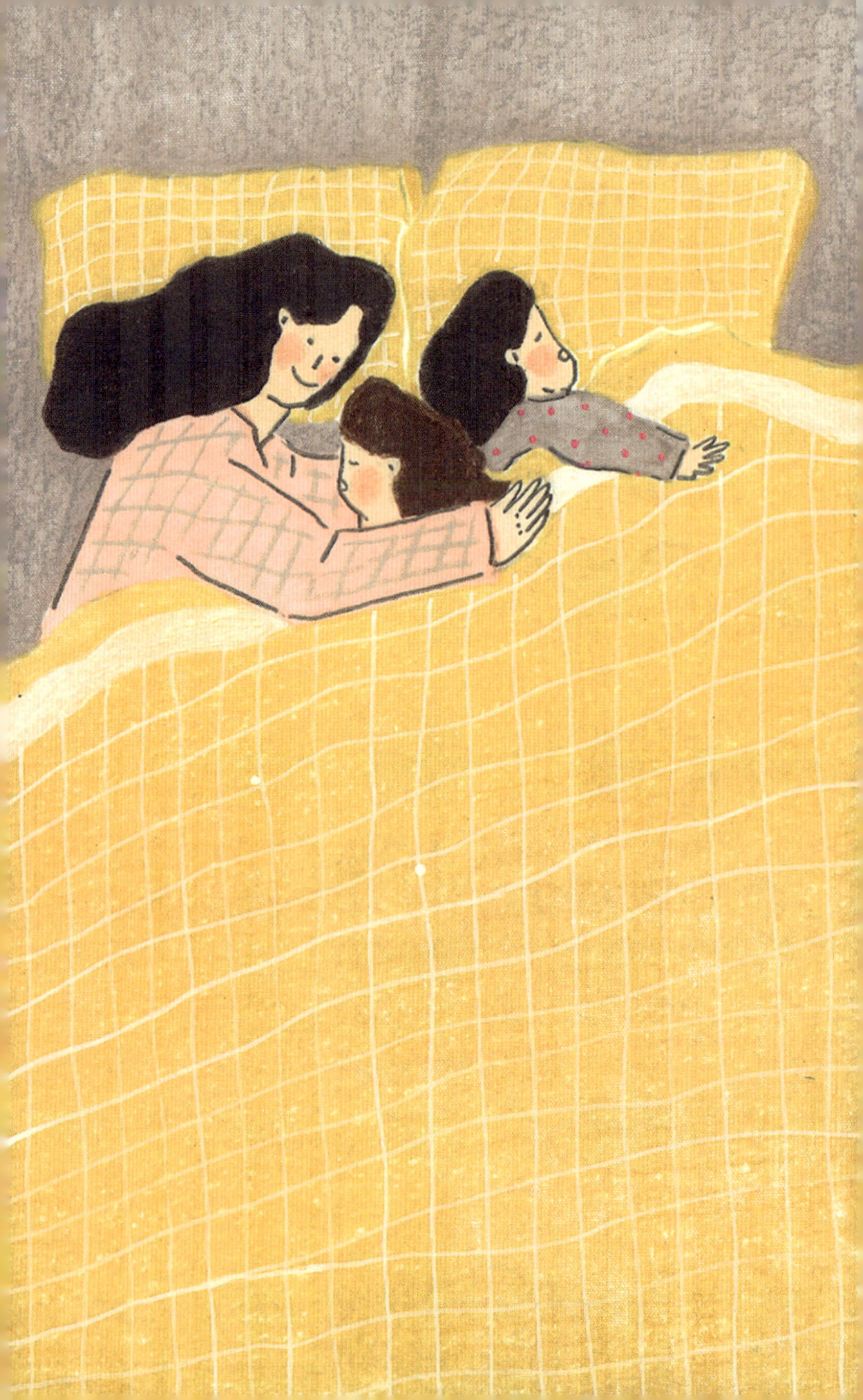

说呢",但实际上妈妈比我们还要开心。相反,如果我们因为一丁点儿小事而吵架的话,妈妈就会非常闹心。

如果想让妈妈幸福,只要兄妹或姐妹之间展现出和睦友爱的一面即可。如果是姐妹,那么姐妹们和妈妈躺在一张床彻夜谈笑风生是非常不错的一件事。如果是兄妹,那就一边一个牵着妈妈的手,让妈妈看到关系最好的手足情深。

所谓兄弟姐妹,既是回忆,也是乡愁。同根而生,本就是"连体"的存在。这正是家人的意义所在。一起分享生活,和我就像是"连体",和我"一条心",她/他就是"我"……家人就是这样的一种存在。

要让赋予我们生命的妈妈相信,我们就是这样的存在。那一刻,妈妈将会成为世界上最幸福的人。

展示妈妈遗传的烹饪手艺

#给妈妈的妈妈做顿饭

我们往往会忘记一件事儿,那就是我们的妈妈也是有妈妈的。女儿累的时候妈妈会去找女儿关心她、体贴她,可妈妈累的时候呢,你也会想念妈妈吗?作为孩子的我们,却往往忽略了这一点。在亲眼看到妈妈流着眼泪抚摸外婆相片之前,我也没有想过这一点,没有想过妈妈也一直思念着外婆。

妈妈继承了外婆那如鹤一般的长脖子和小鹿一般的大眼睛,尤其是穿韩服的时候,简直和外婆一模一样。妈妈美丽的心灵和纯净的感情也全部源于外婆,包括从来不大声说话的文静性格……

过去妈妈都是独自承受内心的苦楚,连对外婆的思念都一直压抑着。有一天,思念的堤坝倒塌,让我看到了低声啜泣,嘴里小声地喊着"妈妈,妈妈……"的妈妈。看着妈妈那消瘦的背影,我上前搂住她,也一边抽泣,一边喊着妈妈。

不喜欢妈妈哭泣的样子,那会让女儿心情沉重,而妈妈的笑容则会让女儿心潮澎湃。对于女儿来说,妈妈是特别的存在。妈妈的妈妈对妈妈来说也同样是特别的存在。如果谁对妈妈好,我就会很感动。妈妈也一样,如果谁对她的妈妈好,她也会万分感激。

为妈妈举办一个让她开心的特别活动吧!比如,邀请外婆来家里吃顿好吃的,即便平时吃饭只是对付的女儿,为了妈妈和外婆,试着精心准备一顿丰盛的饭菜吧。如果要为这顿饭起个名字的话,就叫"两位皇后专属的午宴"。如果外婆是久病缠身,那就准备一份有利于她病情的菜单。

"今天的菜,要先从为外婆准备的开胃菜开始。听说很多人吃了这两种食材后都重新找回了健康。这两种食材就是洋葱和大蒜。洋葱竖着切，大蒜横着切，先放微波炉里加热4分钟，然后放入酸奶和草莓搅拌30秒。每天坚持吃就能够击退病痛，增强体力。但如果每天都这么吃也会有副作用的。"

"副作用？什么副作用？"

"听说吃了之后脸色会非常好，所以总想出门。外婆要是吃了这个也总想出门可怎么办？"

做一些有利于健康的饭菜，让妈妈和外婆可以边吃边谈笑风生。再根据妈妈和外婆的口味，开发一些既具有韩国特色又新颖的菜品。作为"售后服务"，可以把三个人吃饭时拍的照片冲洗出来拿给外婆看。

如果自己做有难度，也可以去外面吃。祖孙三代穿戴整齐，外出觅食。女儿提前去试吃菜品，然后再拜托餐厅安排一些特别惊喜。

妈妈的妈妈幸福了，妈妈就会幸福。

妈妈幸福了，女儿也会幸福。

感谢你们陪在我妈妈身边

请妈妈的朋友们吃顿饭

在妈妈独自一人面对孤单的那段时期,我最感谢的就是她的朋友们。因为我无法陪伴在妈妈身边,所以非常感谢那些可以陪妈妈聊天的阿姨。当时每次去看妈妈,我都会给她的朋友准备礼物。但是妈妈去世后,我却后悔了。早知道当初就带着她们一起去吃顿饭了,早知道那时候就找个好点的餐厅了。

每一位妈妈每年肯定会有一天会非常骄傲地说:"我女儿真孝顺!"那一天就是女儿请妈妈的朋友吃大餐的日子。

当妈妈的朋友走进餐厅的时候，女儿都会热情地打招呼迎接。

"非常感谢您能陪在我妈妈身边。"

"天哪，竟然有这么懂事的女儿！"妈妈的朋友都不由自主地发出感叹。

带妈妈去好一些的餐厅吃顿大餐是女儿的心愿，她想通过这种方式让妈妈从家里暂时解脱出来。不仅是妈妈，那些对妈妈来说特别的人也一起邀请岂不是更好。

作为女儿，都会非常感谢那些常伴妈妈左右的人。因为妈妈的孤独女儿无法完全感受，所以那些和妈妈成为朋友的人都是非常宝贵的，而对于女儿来说，这些人也都是非常重要的人。

预约好窗外景色比较好的餐厅后嘱咐妈妈："妈妈，把你想邀请的朋友都邀请来吧，别客气。"

听了这话，妈妈就无比自豪地开始邀请她的那些朋友："嗨，今年圣诞节抽点时间出来，我女儿安排大家吃饭。"

那些收到妈妈邀请的朋友走进餐厅,都会不由自主地感叹道:

"这外面的景色真是太美了。"

如果目前手头不宽裕,就选一家朴实无华的餐厅吧。

"听说这里的冷面是一绝,今天我女儿请客,大家尽兴哈。"

一碗冷面、一碗牛骨汤也能表达女儿的心意。

"以后会在更好的地方招待大家,谢谢大家一直陪伴在我妈妈身边。"

如果能这样打招呼的话,妈妈和她朋友的脸上都会绽放出幸福的花朵。

妈妈的恩师就是我的恩师

一起拜访妈妈的恩师

在学校任教超过 30 年的一位前辈跟我讲了这样一个故事。一天,有个漂亮的女大学生来办公室找他。这个女学生是他当老师的第一年,担任班主任的那个班级学生的女儿。

"天哪,你是高善熙的女儿?和你妈妈长得真像。"

见到了自己带的第一届学生的女儿,很是开心。但是,他却从对方那里听到了令人悲伤的消息。他的学生由于突发事故,已经离开了人世。

"之前妈妈总提起您,感谢您当时对妈妈孜孜不倦地教诲。我也要像妈妈一样做个善良的人。"女学生给前辈深深地鞠了一躬。

如果女儿能在妈妈还在世时就去拜访对妈妈有正面影响的人，这会让妈妈感到幸福。

去拜访妈妈上学时的恩师，拜访在妈妈处于困境时给她提供帮助的邻居，拜访所有给予妈妈积极影响的人。

"感谢您照顾我妈妈。"

"感谢您让我妈妈有了人生的准则。"

牵着妈妈的手一起去拜访吧。可以一边吃饭，一边听妈妈的恩师聊妈妈学生时代，充满梦想的少女故事。

妈妈的老师同样也是女儿的老师，妈妈的恩师同样也是女儿的恩师。拜访妈妈的恩师是件特别的事情，希望女儿们能陪妈妈一起去做。

今天把我当成爸爸吧

#带妈妈重温
她与爸爸的回忆

在爸爸先离世的家庭里,从爸爸离世的那一刻起,有关爸爸的话题就成了禁忌。尤其是爸爸突然离世的,家人之间都无法把"爸爸"这个词挂在嘴边。

因为大家都知道,这种情况下,"爸爸"这个词不仅会刺痛妈妈的心,也会刺痛孩子的心。从此以后整个家庭都会失去完整的幸福。

即便是这样,找一天牵着妈妈的手一起去他们曾经约会过的地方走走,带妈妈去她和爸爸曾经拥有幸福回忆的

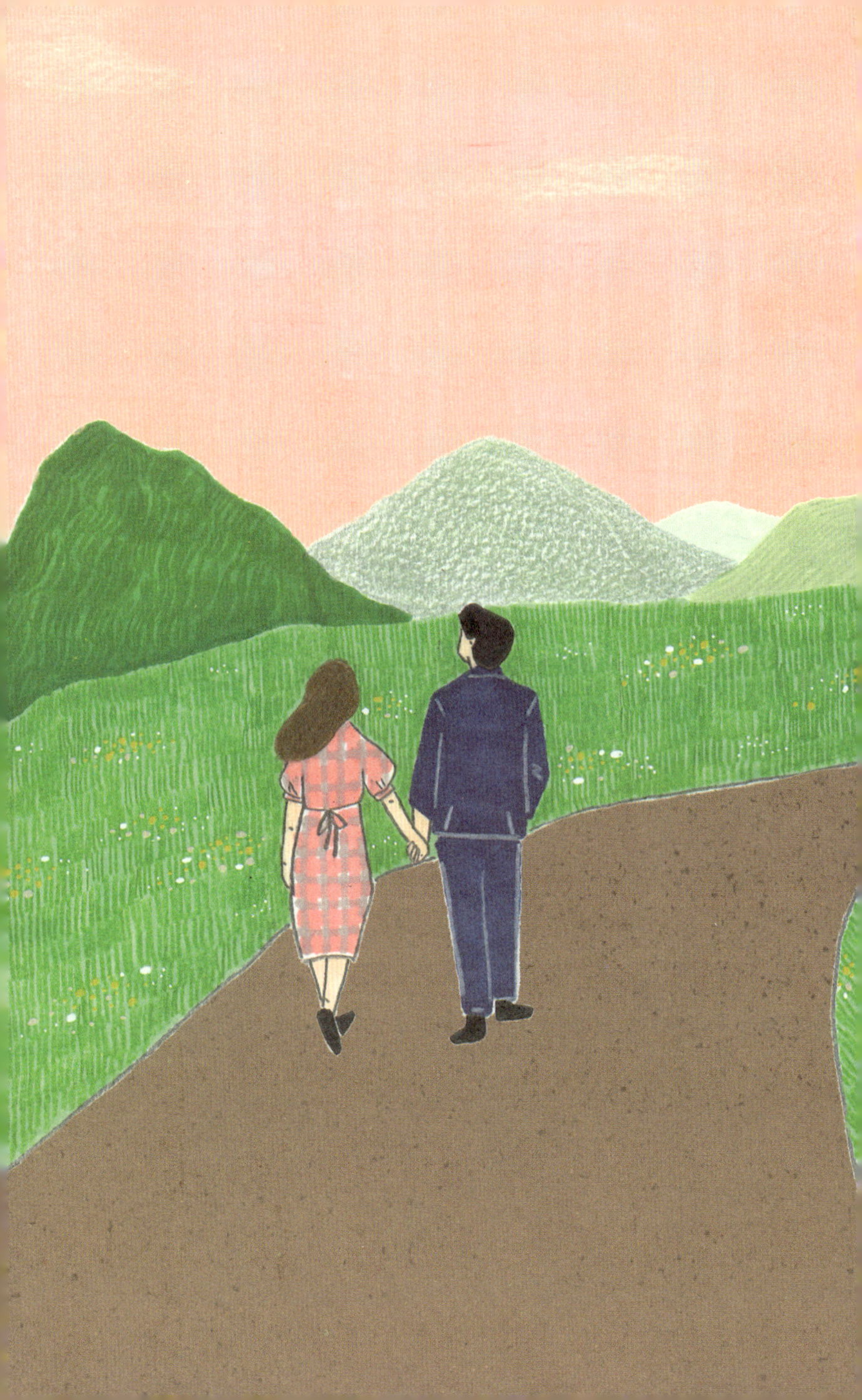

地方看看。

在那里和妈妈说"今天把我当成爸爸吧"。希望大家都能安排这样的行程,和妈妈尽情分享一度成为禁忌的"爸爸"的故事,把悲伤的地方变成充满快乐的场所。

我们不能把思念转变为悲伤。虽然悲伤,但思念也是爱的一种体现,就让妈妈尽情思念爸爸吧。牵着妈妈的手一起去她和爸爸曾经去过的地方,像爸爸一样让妈妈再次感受到幸福。

妈妈扮演女儿，女儿扮演妈妈

和妈妈角色互换一天

某个休息日，一对母女曾安排过一次角色互换一天的活动。即在这一天中，妈妈扮演女儿，而女儿扮演妈妈。为什么要举行这样一场活动呢？

这对母女的关系本来非常好，从没想过她们之间会出现问题。女儿青春期都相安无事地度过了，妈妈为此非常自豪。但是，当女儿35岁了还没有男朋友，而妈妈又在不断催婚，矛盾终于爆发了。随着妈妈的焦虑越来越重，女儿开始躲避妈妈，甚至连电话都不接。直到妈妈年过六十，母女二人才重新开始说话，她们决定互换角色一天，在这一天中互换一下立场。最终她们和解了吗？

休息日早上，女儿开始扮演妈妈，做好鲜果汁后去敲妈妈的房门。"女儿！把这个鲜果汁喝了，这可是非常昂贵的有机果汁，要一滴不剩地喝完。"

妈妈模仿女儿的声音说："我不喝，好东西都给妈妈喝。我会自己看着办的，别总拿这些东西来打扰我睡觉。"

到了吃饭时间，扮演妈妈的女儿忙着做饭，拿出冰箱里的小菜后开始叫家人来吃饭。

"开饭了，快来吃饭，一会儿凉了。"

"一定要现在吃吗？过一会儿吃不行吗？"

"做好了就赶紧吃。这个蕨菜是我去济州岛的时候费了好大劲才摘回来的。就因为摘这个害我腰酸背痛了3天，所以要好好吃。"

"谁让你去摘了？去济州岛的话就要好好旅游，这明明是你自愿摘的嘛。"

互换角色后，互相说着对方平时说过的话。吃饭的时候女儿学妈妈的样子开始唠叨："你现在不想结婚，那打算什么时候结？你知道结婚对人生有多重要吗？"

"妈妈为什么总想让我结婚？整天说爸爸就是冤家，毁了你的人生，那为什么还要让我走入婚姻的坟墓呢？"

"你要一个人孤独地老去吗？结婚也是有最佳时机的。"

"我是童颜，没关系的。"

"身份证上的年龄也会因为你是童颜而变小吗？你现在已经不是二十几岁了，眼光放低一些，标准不要那么高。"

"年龄越大，对别人说的话就越敏感，哪怕是不经意之间说的话。妈妈每次一提起结婚问题，我就非常无力。"

"我马上要去你哥哥家帮着照看孩子了，再不说就没机会说了。"

"每天都说累，还去看什么孩子？"

扮演妈妈的女儿做了要带到哥哥家去的小菜，然后开始打扫卫生，不一会儿就扑通一声坐到了地上。

"啊，妈妈就是因为这些才生病的啊。忧心没结婚的女儿，为儿子准备留学费用，看孙子，做家务，担心家人的健康……"

那天，母女互换角色的活动成了理解彼此的契机。

女儿因为个人的事情难解决而哭泣，因为觉得自己是让妈妈操心的女儿而哭泣。本来只是希望能在家里放松一下，但看到妈妈就备感内疚，所以非常不自在。妈妈也希望女儿能舒心，所以纠结是放手不管，还是再啰唆几句。虽然想放手不管，但几年前做过一个手术，术后妈妈非常清楚自己无法一直陪在女儿身边，所以觉着至少给女儿找个伴儿，因此非常焦虑……

最后，妈妈决定让女儿掌握自己的人生。而女儿也意识到与其和妈妈发脾气，不如试着说服她。

如果母女俩最近经常吵架，无法理解对方，总是伤害对方，暂时没有找到能够相互理解的方法，不妨像这对母女一样，互换角色一天试试。

不告诉儿媳，
只传授给女儿的烹饪法

传承妈妈的烹饪秘诀

我们姐妹四人成长过程中与妈妈拍的照片都充满了生活气息。要么是刚吃完妈妈做的面片汤之后拍的，要么就是吃完酱汤配烤青花鱼之后拍的。难道不正是因为妈妈和女儿在一起的时光充满了别人模仿不来的烟火气，所以才显得与众不同吗？

小时候光顾着玩儿了，根本就不关心妈妈是怎么做出那么多美食的。随着岁月的流逝，有时我会非常想念妈妈做的好吃的，南瓜叶汤、带鱼南瓜汤、荞麦面片汤，还有豆浆。妈妈在世的时候应该好好听她介绍这些美食的制作方法，现在妈妈已经不在了，实在令人遗憾。

曾听妈妈说用南瓜叶给带鱼去鳞，洗干净后烤着吃味道是一绝，所以每次烤带鱼我都会这样处理，而且一定要撒上一层粗盐之后再烤。烤肉的时候不用平底锅，而是用铁板，这种用心的程度真是模仿不来。如果爸爸这天早上要出差，我在睡梦中都能闻到妈妈准备的裹了香油的半熟鸡蛋的香味。

因为爸爸喜欢吃荞麦，所以妈妈经常会做热乎乎的荞麦面片汤。荞麦和好后无须在意形状，随便扯成小块扔进清汤中煮，只需要用盐调味。小时候吃不出来什么味道，长大了反而非常想念那个味道。

一到下雨天，妈妈就会为我们四姐妹准备类似甜甜圈或油炸食品当零食。雨声混合着炸面圈的声音，雨的味道混合着油炸食品的味道，这一切都和我思念的妈妈一样，无法从我的心里消失。郊游时带的紫菜包饭有些特别，妈妈在米饭中放一些碎牛肉。虽然切得不太美观，但味道绝对是让人赞不绝口。

即使我去济州岛饭店，那里的食物也无法 100% 还原妈妈做出来的味道。我也曾试图模仿，但却从未成功。如果当时用音频或笔记的方式把妈妈那些独家烹饪秘方保存下来就好了，真是追悔莫及。

如果当时我向妈妈讨教烹饪秘诀，妈妈得多高兴呀。如今大家都依赖网络，妈妈就更容易被冷落。虽然网上有很多视频教得比妈妈好，但妈妈总有一样拿手菜是独家秘方。

"妈妈，你做的烤肉最好吃了，有什么秘诀吗？"妈妈听了这样的话肯定会马上把食谱告诉我们，到时一定要好好记下来。

不仅是吃的方面，喝的方面也建议大家一并打听。我妈妈经常会备一些生姜方便平时用。大酱汤里会放一些，煎带鱼时也会放一些。而且还经常给我们煮姜茶喝，因为曾经帮妈妈煮过，所以直到现在我都在用妈妈的方法煮姜茶。半斤生姜洗净后放入水壶，加入水，没过生姜即可，然后用小火煮 1 小时左右就可以饮用了。如果有陈皮或大枣，可以放进去一起煮，味道会更佳。暖乎乎的生姜茶是最好的养生食品，所以建议大家经常煮着喝。

不管妈妈的烹饪秘诀是传承于外婆，还是使用了某个饮食节目中的秘方，只要是妈妈的食谱就都很珍贵。妈妈做的食物结合了长久以来为家人做饭而积累的经验，只要是妈妈知道的，她都会乐于并且坦诚地告诉自己的女儿。

懂美食的人，只要想想美食的制作过程，内心就会变得温暖。为所爱之人打造的食谱难道不是最具创意、最能够体现爱意的方法吗？

午后三点的曲奇代表的含义

#和妈妈一起做曲奇

午后三点

品尝曲奇饼

午后三点

已经过了正午

通向晚上的

午后三点

为了让生命的钟摆能顺利通向顶峰

品尝曲奇饼

这是作家宋贞妍在迎接50岁时在社交软件上发布的一首原创诗,名为《午后三点的曲奇》。

如果将一天比作人的一生,那么曲奇就是为了能熬过下午三点的慰藉。即便是一直在吃有利于身体健康的食物,避免糖分的摄入,下午三点来一块甜蜜的曲奇,也是对大脑最好的馈赠。

电影《一日钟情》(*One Fine Day*)中乔治·克鲁尼的女儿有这样一句台词:"爸爸想要一个连曲奇都爱的女人。"

这种女人是怎样的女人呢?我认为这种女人不仅仅是原则主义者,偶尔也懂得给自己一些自由。

说起曲奇,不禁让我想起《爱丽丝梦游仙境》中的一个场景,爱丽丝跟着一只兔子走进了洞穴,当她掉入一个有门把手的房间时,她吃了一口曲奇,结果自己的身体就变得很大很大。由此可见,曲奇赋予了我们很多想象力。

和妈妈一起制作并品尝美味的曲奇将是件有趣的事情。

"妈妈,小时候你还给我做过甜甜的零食,是从什么时候中断的？是因为你对我的爱已经冷却了吗？"

"妈妈婚后三十年来一直都在做祭祀用的食物。但是，现在除了每天必须要吃的食物，其他的我碰都不想碰。"

"今天咱们俩一边回忆过去做零食的日子，一边做些巧克力曲奇吧。材料我都买回来了。"

"连烤箱都没有，怎么做呀？"

"难道妈妈不知道无烤箱版的食物才是真正的料理吗？我已经得到了无烤箱版曲奇的配方：提前将5大勺无盐黄油放置在常温下，这样才会变软。然后放5勺红糖搅拌，再放入一个鸡蛋搅拌。"

"妈妈只负责搅拌就行了，剩下的我来。"

"你不知道搅拌这个活儿很累人的吗？"

"妈妈那钢铁一般的手臂，此时不用又待何时？快搅吧，一会儿再加6勺面粉，搅拌均匀后，再加1小勺小苏打，继续搅拌。"

"我的胳膊都要折了，咱们买着吃不更好吗？"

"自己做的吃着才更有意义。把在便利店买的两块巧克力弄碎，放入其中揉成面团，如果有烤杏仁之类的坚果就完美了……妈妈，给我吧。没想到我这小细胳膊竟然揉得更好，看来妈妈得多长点儿力气了。"

"都是因为养你才没力气的。"

将准备好的面团擀成一张张薄片，平底锅烧热后铺入锅中。盖上盖子小火烤 7 分钟。

"会不会粘锅呀？"

"不会的，放了很多黄油的。"

7 分钟之后关火，焖 10 分钟，接着翻面再烤 7 分钟。

和妈妈一起分享红茶配自己亲手做的巧克力曲奇吧。外观不美又怎样？这可是母女俩一起制作的手工曲奇。

电影《笔下求生》(*Stranger than Fiction*)中有一位叫哈罗德·克雷克的男人，12 年间，他每天上班打领带都只打单结，而不是双结，这样能节省 43 秒的时间。他是国税厅的中坚力量，处理着 7134 张税金材料，只有 45.7 分钟的午休时间和 4.3 分钟的喝咖啡时间。他是一个能把时间计算得很精准的人。影片最后，哈罗德咬了一口饼干说：

"当我们偶尔因为害怕、绝望、不知所措而失去勇气时,也许会因为曲奇的味道而感谢生命。"

有时,曲奇会成为我们生活的慰藉,和妈妈一起亲手做的曲奇更是如此。

我为妈妈的一生做证

#为妈妈撰写生平传记

直到妈妈去世后,我才对妈妈的生平感到好奇。我想起妈妈曾经说过这样一句话:"如果把我的一生写成小说,肯定得是篇长篇小说。"听着感觉像是在叹息。

那时候就应该好奇一下妈妈的生活,这样就可以为妈妈梳理她的一生……但现在只是徒留悔恨。

爸爸写了一本自传,为自己的人生留下了记录。但妈妈却什么都没留下。如果女儿能为妈妈做这件事该多好。有一种误解,认为妈妈们的一生都很简单。但仔细观察就会发现,妈妈的一生就是一部小说,一部电视剧。妈妈的一生都发生过哪些事情，妈妈是用怎样的心理走过那段路的，女儿来为妈妈整理一下她的一生吧。

希望大家每周都能抽出时间，哪怕只有一次，来整理妈妈的一生。不是单纯地记录妈妈口述的内容，而是让自己成为作家来对妈妈的一生进行梳理。可以把这个过程当成是单纯对一个人，而不是妈妈的探索。记录的时候需要去掉"妈妈"这个称呼，同时也要忘记她是自己妈妈的事实。

"妈妈出生于怎样的家庭？"故事从妈妈的出生开始讲起。

"我出生的那天，大雪纷飞。你外婆告诉你外公我出生了，可你外公却只说了句'怎么又生了个女儿'，除此以外，连一句问候的话都没有。"

妈妈一边指着那些陈旧的伤疤和直到现在依旧很疼的地方，一边述说着她曾经发生的故事。

在讲述过去某个时期发生的故事时，妈妈流下了眼泪。可能是因为当时那痛苦的记忆太伤人，也可能是因为思念当时的一些人而沉浸在哀伤中。思念妈妈的妈妈、妈

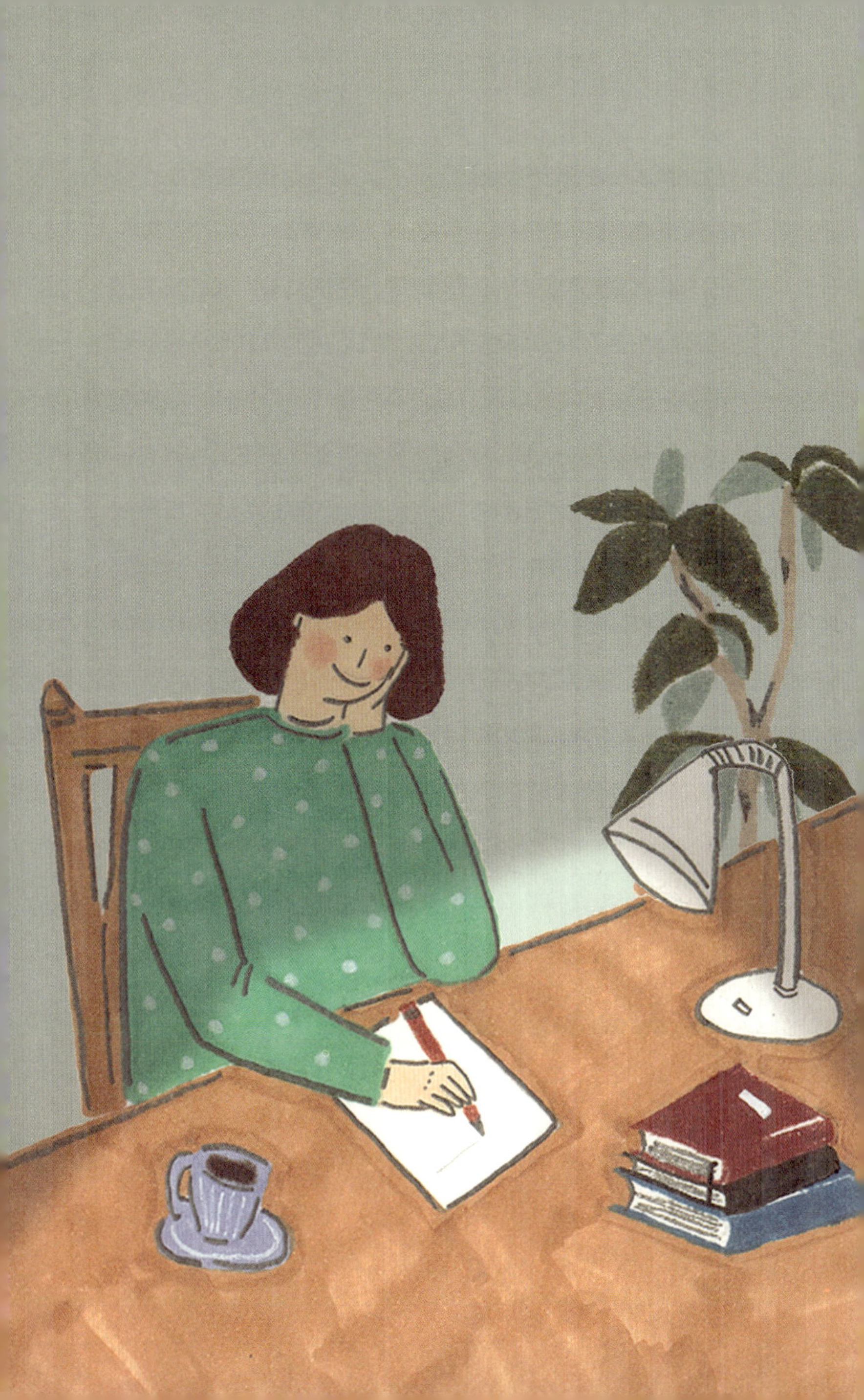

妈的朋友、妈妈的初恋。

换到另一个场景，妈妈露出了幸福的微笑。尤其是讲起生女儿的时候，妈妈满脸笑容。

"当初怀你的时候，梦到了结出漂亮的西红柿，所以才生出你这么漂亮的女儿。"

我在妈妈肚子里的那十个月，妈妈得多辛苦呀……闯过了鬼门关才把我生下来……倾听了有关妈妈生产和育儿阶段的故事后，在整理的过程中几度哽咽。感谢的话，道歉的话，不知不觉地从嘴里说出。

背着生病的我奔向医院的妈妈，为了守护家庭度过艰难岁月的妈妈，我似乎听到了妈妈的低声啜泣。如果早知道这些不曾了解的事情，我一定会牵起妈妈的手，还会搂着满腹心酸事的妈妈一起哭。

写完传记的那天，把整理用的笔记本送给妈妈，并向妈妈告白吧。

告诉她，很庆幸自己能成为如此伟大的妈妈的女儿，自己很幸福；告诉她，妈妈才是自己的偶像。

Chapter 5

独自走过
你走后的每一天

当随风飘来油菜花的香气时

\# 和妈妈在济州岛
生活一个月

对人生而言,为珍爱的人创造美好的回忆并不是在浪费时间,反而是在创造最高的价值。

善于管理时间的人从不被时间推着走,也不会说自己很忙。人类为了方便而划分年月,但为什么又会被时间逼得手忙脚乱呢?为什么在忙碌的生活中总有人感到孤独呢?没有人能留住时间,但却可以在时间中储藏回忆。

如果回忆能像星星一样永驻心间,不被遗忘,那么时间就不会消逝,反而会被珍藏。不要吝惜和妈妈在一起的时间，问问妈妈："妈妈！能和我一起玩儿吗？"

如果可以，和喜欢的人一起去春日的济州岛生活一个月。春天的济州岛，窗外遍地新绿，好像乘着春风就可以飞到任意一个地方。在这一个月的时间里，可以一起呼吸泛着新绿的清新空气。

这个喜欢的人就定为妈妈吧。如果是和妈妈一起去，就没有什么需要特别准备的东西了。带着防晒霜和遮阳帽去济州岛海边的一个小渔村就足矣。衣服只需准备两三件。如果衣服和帽子不够的话，可以到济州岛随处可见的五日市场购买。可以和妈妈尝试单独生活在济州岛一个带有小院子的房子里。

或者选一个园中种满妈妈喜欢的油菜花的房子，可以坐在廊檐下悠闲地吃玉米，也可以买一条刚抓上来的小海鱼做一顿辣鱼汤；光脚踩在草坪上，茶桌上摆上简单的茶点，一边欣赏房前开着小小花朵的绿色小园地，一边品茶，何尝不是一个美好的选择。

如果是夏天，可以跟着海女去海边看她们捡海产品，买一些她们刚刚捡上来的海螺和海参，哼着小曲儿和妈妈一起回家。如果是冬天，可以在屋里避寒，和妈妈一起看着窗外的风景，一起聊天。在寒冷的天气里，还可以和妈妈依偎在一起，互相倾诉自己的伤心事，一起入眠。只要是和妈妈在一起，无论做什么都是好的。

还可以一起去探访美食店。如果喜好不同，可以妈妈定一次，女儿定一次。来济州岛有两件事必做，像散步一样爬山和沿海边漫步。早上起来像散步一样爬山是济州岛旅行的亮点。沿海边漫步时，喝点新鲜的海鲜清汤会倍感幸福，在沿海公路上漫步，甚至会不自觉地喊出"这感觉太棒了"。

单独和一直为家人辛苦劳碌的妈妈去济州岛住一个月并不是件易事。虽然实现起来有难度，但如果真实现了，待日后回想起来，必将成为一生中做的最正确的一件事。

至今难以忘怀的唠叨声

#储藏妈妈的唠叨声

"幸福"不是存在的,而是"需要发现"的。

"爱情"是我们人生中最需要珍藏的"美丽的奢侈品"。

"离别"并不意味着离开,而是"停留在远方的状态"。

"梦想"并不是实现以后美丽,而是"做梦的瞬间最美丽"。

这些人生的真理都是从妈妈那里学来的。虽然主要都是通过妈妈的唠叨了解到的，但也许某一天也会从妈妈无声的泪水中领悟到，抑或是从妈妈轻轻拍打女儿背部的手势中体会到。妈妈是女儿的人生导师，妈妈在世的时候，女儿通常会厌烦妈妈的唠叨，但妈妈去世后就会非常想念那唠叨的声音。

"妈妈，你尽情和我唠叨吧"，记得一定要用视频记录下妈妈的那些唠叨。或者让妈妈给自己发一条视频，记录下妈妈唠叨时的样子。

妈妈不在以后，有时会非常想听妈妈的唠叨声。似乎只要听到妈妈的唠叨声，就会立刻精神抖擞。

妈妈不在的某一天，再次看到当初录制的妈妈唠叨的视频或者妈妈发给自己的视频，至少会让我们不随意过日子。当我们迷失方向时，可以让我们及时掉转脚步。

今天是玩真心话游戏的日子

﹟和妈妈穿情侣睡衣
共同入眠

曾经一度只有钻进妈妈的怀里才能安稳入睡。小时候，即使可以独自在其他房间睡觉，还是非要拿着枕头去妈妈的房间，钻进妈妈的怀里。无论多么难以入睡，只要闻到妈妈的味道，听见妈妈的呼吸声就会进入甜蜜的梦乡。但现在已经没有机会再钻进妈妈的怀里了。在一个不眠之夜，由于太过思念妈妈的怀抱而伤心地哭泣。我太想念妈妈以前搂着我，一边用手轻拍着我的后背，一边轻声问我："为什么睡不着呀？做噩梦了吗？"

记得小时候有一次从睡梦中醒来，发现妈妈把耳朵贴在我身上，担心地看着我。"妈妈是在担心我不喘气了吗？"妈妈笑着说："你说什么呢？"没过多久，我就猜到了妈妈当时的心情。妈妈是在担心我的身体是不是哪里出了问题，有时这种担心会让妈妈彻夜不眠地坐在我旁边。当然，妈妈也曾因为太喜欢睡在她怀里的我而无法入眠，就像歌手金东律的歌里唱的那样：

> 因为太开心，太激动
> 害怕一睁开眼睛就会消失
> 以致无法入眠

现在，曾经和我睡在一个被窝里的妈妈已经不在了；曾经只要我们一打电话就会接电话的妈妈已经不在了；曾经只要我一做噩梦就会抱住我的妈妈已经不在了。妈妈去世后的一段时间里我并不觉得这是真的。然而，随着真实感越来越强，思念越来越令我心痛。闻着妈妈的味道，听着先入睡的妈妈的呼吸声才能入睡的时光是多么幸福，可

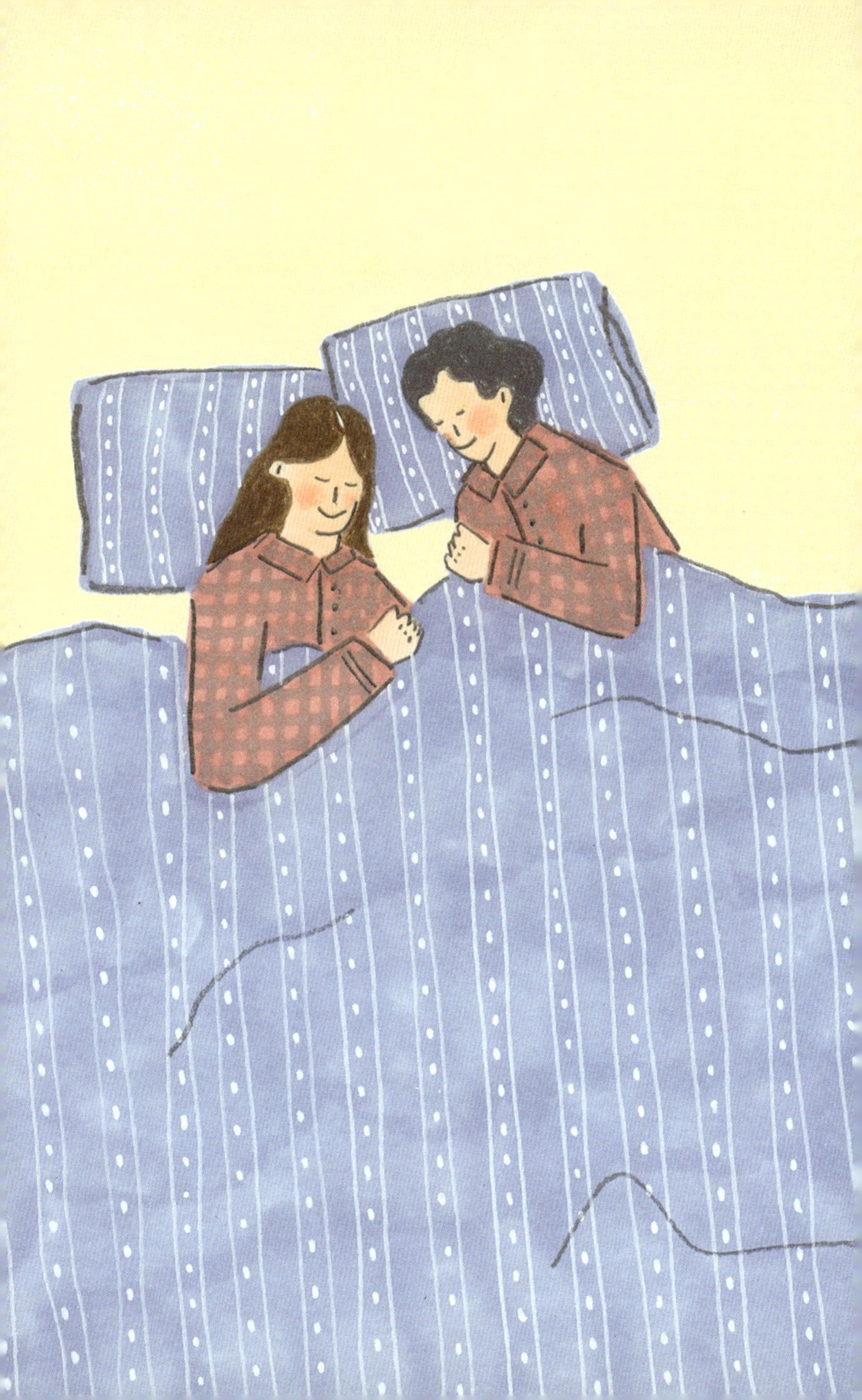

惜我明白得太晚了。

偶尔和妈妈在一个被窝睡觉吧。如果能准备两套触感极好的纯棉情侣睡衣就更完美了。"是妈妈的味道！"像小时候一样撒着娇钻进妈妈的怀抱里。

和妈妈一起躺着聊天，看着天花板唱歌，玩着真心话游戏，不知不觉就不分先后地进入了梦乡。也许会因为发现"安静沉睡的妈妈现在已经老了，都开始打呼噜了……"的事实而感到心酸。第二天最好不要告诉妈妈她打呼噜的事实，就说些能让她开心的话，比如"妈妈睡觉的时候怎么那么像天使呀"。

尝试和妈妈穿着情侣睡衣一边聊天，一边大笑，盖着同一条被子一起进入梦乡吧。

家庭CEO，美丽的善英女士

为妈妈制作名片

每位家庭成员都拥有自己的位置与存在价值。被家庭所冷落就会出现问题，虽然暂时没有显露出来，但问题还是潜在的。

过去的妈妈们基本都是这样的。早上，目送家人忙碌地赶往工作单位和学校后会马上开始工作，这所谓的工作其实就是做家务。可是，五十岁以后，妈妈就无法马上开始做家务了，而是要先歇一会儿，然后要费好大劲才能着手做家务。

虽然现在的时代妈妈们也能过平等的社会生活，但像过去一样承担全部家务的情况还是很多。她们只负责管理家里的财务、家人的饮食和孩子的教育，而非真正的社会生活。她们虽然在家里的地位是绝对的，但也只是作为妈妈这个身份存在着。除了去参加同学会或者去银行办理业务的时候会听到她们自己的名字，其余场合已经听不到别人叫她们的名字了。

妈妈除了被叫作"妈妈"外，她的名字也有被呼叫的价值。可以说这是对妈妈这个人真实存在的一种确认，或者说是一种证明。诗人金春洙在诗《花》中写道，"在我叫出它的名字之后，它来到我身边，成为花朵"，这就是存在的价值。

虽然我们在地球上生活过的最有力证明是人与人之间的心意，但还是给妈妈做一个切实存在的证明吧，即给妈妈做一张名片。"家庭CEO崔恩珠""一家之主朴恩熙""美丽的金正顺"……做好名片后，连同名片夹一起送给妈妈。

送名片的时候可以对妈妈说:"之前总是被称为正恩妈妈,希望以后别人能称呼您的名字。"

还可以说:"希望以后妈妈能找到自己的人生。不要舍不得家人,把注意力都集中在自己身上,希望妈妈能快乐。现在我们已经能自力更生了,不需要妈妈照顾我们了,请您不要再将妈妈这个职业看作是您生活的全部,去找寻自己的兴趣爱好,开启您人生的新篇章吧。我会帮您的。"

根植于妈妈心里的是献身精神,但这并不是所有家人所要求的。当然,没有妈妈的家里总感觉空荡荡的,但家里也会因为没有妈妈的唠叨而成为令人舒服的空间。女儿的心愿是希望妈妈不要只在家里找寻存在感,也要为自己找寻更多的快乐。虽然一张小小的名片并不能盛装下妈妈的全部,但收到名片的妈妈们可以带着它出去玩儿,告诉别人这是女儿送给自己的,她们的心里一定幸福。

如果是有工作的妈妈,就没有必要一定要为她们制作名片,这种情况,我们可以直接称呼她们名片上的称谓。

"明善部长""恩英所长",每周一次,哪怕只是周日那天呼唤一下妈妈的名字;"善英女士""正顺女士""美善女士",重启一下她们的感性细胞,让她们感受到被女儿点名时的悸动。

通往最安全、最甜蜜的道路

带妈妈开车兜风

和某人在车里的时候,最好是没有唠叨声,只有和谐的氛围。虽然很清楚这一点,当和这个世界上最能让自己舒服的人一起在车里的时候,感情会原封不动地直接传递出去。即使和她发一百次脾气,也有可以一次性解决问题的方法。那就是和妈妈一起去兜风。

和妈妈单独进行甜蜜约会的那天,我亲自开车接妈妈去美食店,让妈妈休息一整天。但有一个条件,那就是在兜风的车里只允许说好听的话,不好听的话绝对不可以提。因为兜风时说的话更令人印象深刻。

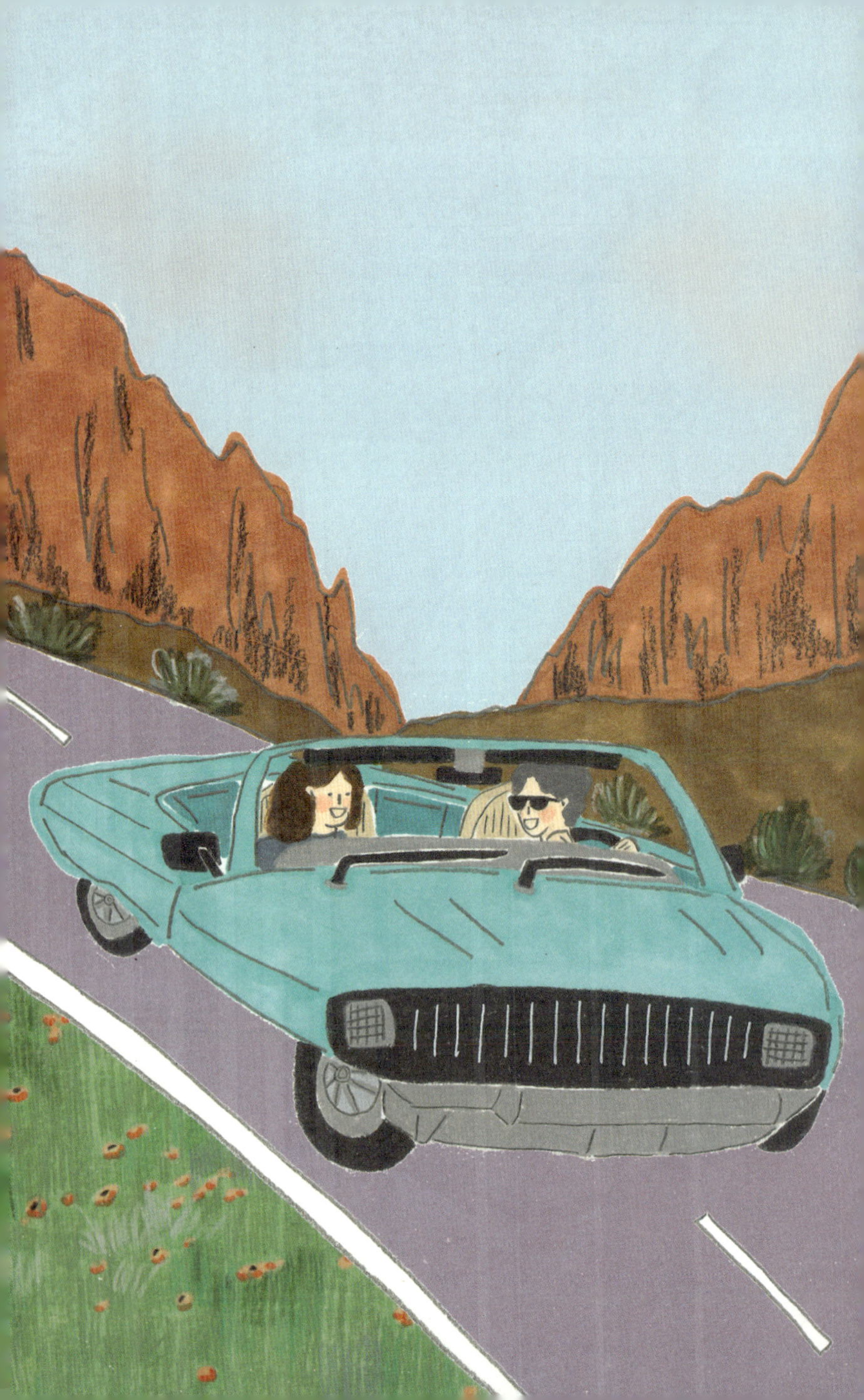

精心选择母女兜风路线。因为女儿的安全驾驶，在开满波斯菊的路上兜风回来以后，许久不写日记的妈妈在日记本中这样写道："这个世界上最幸福的人就是我，这个刚和女儿兜风回来的自己。"

在和妈妈一起兜风的道路上只留下美好的回忆，让车里成为最甜蜜、最安全的空间，然后拉着妈妈的手说："妈妈很辛苦吧？"

女儿这一句话起到的慰藉作用是超出意料的，这一句话就能驱除妈妈所有的烦恼和疲劳。

树影为枕，星光为棚

#和妈妈一起去豪华露营

妈妈们都有一个关于帐篷的梦想。这个梦想就是离开天天居住的家，去一个没有人认识自己的地方，不需要看任何人的脸色，与大自然相处一次。如果说家是现实，那帐篷就是只要一收起来就会消失的刹那间的浪漫。

帐篷也是妈妈的回忆。是在海边或山涧支起一个帐篷，在里面煮拉面，喝速溶咖啡，弹着吉他唱歌的回忆；是参加 MT（韩国大学生集体旅行增进同学关系的活动）时篝火晚会的回忆。如果躺在帐篷里沉浸在回忆中，树影就是枕头，夜空中的繁星就是天棚。晚上，星光会照射到眉毛附近，似在窃窃私语"没关系，没关系，一切都会好的"。

来到小溪边，溪水中的青鳉从脚趾缝中穿行，既痒痒又舒服。"我好像是因为遗传了爸爸的基因，所以脚丫子才长得这么丑。""我可能是因为遗传了妈妈的基因，小脚趾才长得长。"边说边哈哈大笑。在野外做的食物充满了森林的味道，阳光和风是调味料。

豪华露营（Glamping）是指需要花一定的费用，高级的、贵族式的露营。说起露营，妈妈也许只会想起过去的帐篷，让我们带这样的妈妈一起走进豪华露营的世界吧。可以把它称为枯燥日常生活中的小奢侈。如果只是去进行普通的露营，妈妈一定会自己搭帐篷，自己准备食物，所以去尝试一下能让妈妈的双手也得到休息的豪华露营吧。

对于女儿来说，露营也充满着回忆。分组搭建帐篷，晚上做各自准备的食物。如果有篝火晚会，肯定会有一两个人因为想念妈妈而哭泣。

和妈妈聊聊各自有关露营的回忆，待时机成熟还可以聊聊妈妈的初恋。妈妈年轻时那次露营,帐篷里有草虫在叫,炉子上煮着咖啡,一旁放着吉他,还有一位令妈妈心动,却终将无缘的男子。妈妈回忆说:"那天晚上突然下起了大雨,如果不是收起了帐篷,拿着手电筒躲起来,指不定帐篷里会发生什么呢。"

听着妈妈的故事,女儿随声附和道:"听说那个男生是个大帅哥?唉,真是太可惜了。"

女儿咯咯地笑着,像朋友一样和妈妈聊着天。

闻着草香、泥土香,什么都不做,只是坐着看风景。远处的山和树木就是一幅名画。如果运气好,还会有夕阳来助兴。夜幕降临,夜晚的湖水或大海会因为星光的照耀而呈现出与白天完全不同的景象,它们会像宝石一样熠熠生辉。露营之花,不就被称为"火呆"(看着篝火发呆)嘛。火呆时间一过,就把放在火里烤的地瓜和土豆拿出来吃。

能偶尔下场雨就更好了,若天气晴朗则将成为记忆,若是下雨则会成为回忆。雨中露营会变成长久的回忆,滴落在帐篷上的雨声是最好听的,滴答滴答……上一次听到雨声是什么时候？欣赏雨景的过程中突发奇想，和妈妈撑着伞在雨景中走一圈也是不错的。

如果女儿露出灿烂的笑颜，那么露营地就会成为宇宙间最幸福的场所。

"年轻不是因为你年龄小，而是因为你有年轻的心态。美丽不是因为你的脸蛋漂亮，而是因为你做出了漂亮的表情。我爱你，我的女儿！"

这样的告白不会引起不适，是因为身处露营地。妈妈和女儿当时都会对电影《爱在黎明破晓前》（*Before Sunrise*）中塞利娜说的话产生共鸣，"如果有神明的话，它不会出现在你我的体内，而是出现在你我共存的空间中"。

在露营地，请大家把视线都集中在妈妈身上，因为妈妈平时被排在第一位的时候并不多，所以至少在母女俩一起去的露营地，不要忘记妈妈才是第一位，妈妈才是特别的 VIP。

母女俩的校园游

带妈妈参观
我就读过的学校

在一个慵懒的假日午后,和妈妈一起去逛逛我曾经就读过的学校,或者去运动场散散步吧。

"那边那个建筑是我第一次参加考试的地方。"

"我们现在所在的建筑是人文馆,我以前经常在这里上课。咱们去我经常上课的教室看看吧,当时我总是气喘吁吁地往那里跑。"

和妈妈边走边聊曾经替朋友点到被发现的往事以及这个朋友的近况。

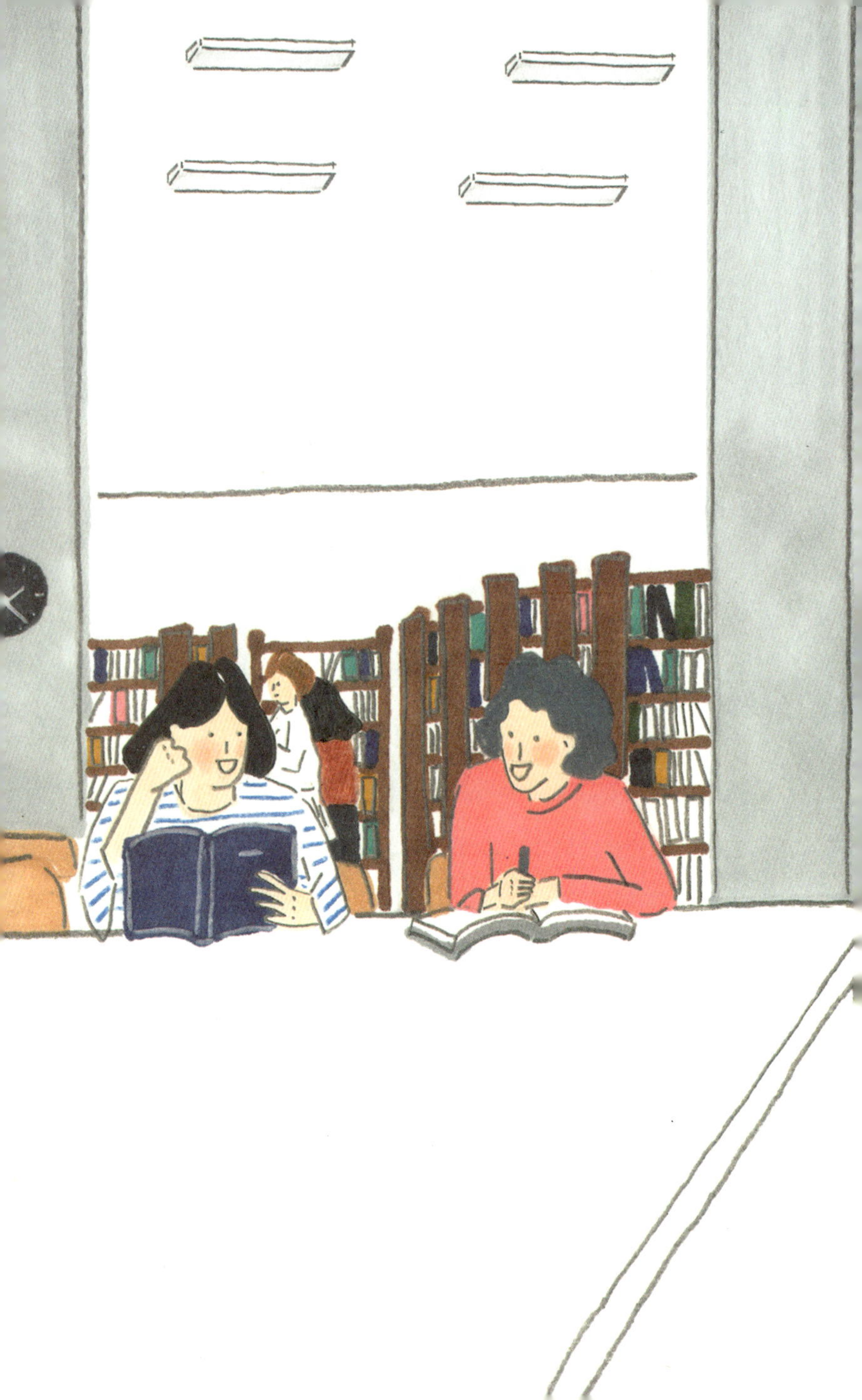

到教室以后邀请妈妈当一次教授，给自己讲讲课吧。那天，我们将听到自己人生导师的讲座，而不是妈妈的唠叨。妈妈肯定会分享一些已经融入她生活的、非常现实的人生哲理。这时请大家使劲鼓掌，并热情地称赞一下妈妈。

"妈妈真是太棒了，刚刚的讲座简直是我听过的最精彩的讲座！"

和妈妈在学校四处逛逛，聊聊天，然后再光顾一下学校旁边的美食店，一起品尝店里最受欢迎的菜品。也许比起已经50多岁的妈妈，20多岁的女儿吃过的食物会更多一些。原以为妈妈只喜欢大酱汤，没想到竟然这么喜欢冰激凌、华夫饼。吃完饭再去附近的咖啡厅喝点各自喜欢的饮品，顺便听听音乐，再聊聊天。去学校旁边的文具用品店买点漂亮的笔和本，再去书店买几本书抱在怀里。别忘了拍一些以校园、运动场和教室为背景的照片。

虽然无法让妈妈重返学生时代，但我们可以把重返学生时代的那份感觉送给妈妈。

谢谢你在我身边

#每天向妈妈告白一次

独自坐在空荡荡的房间里凝视着电视发呆的妈妈;看着镜子中自己的脸一边轻轻抚摸,一边纳闷"我什么时候变得这么老了"的妈妈;躺在病床上望着窗外夕阳西下的妈妈;还在为赚生活费而艰难前行的妈妈。

每一个妈妈由中年向老年过渡的这段时期,都会让她们感到刻骨铭心的孤独,独自忍受那段时间的妈妈是需要被安慰的,而最好的慰藉就是女儿的告白。

"妈妈,我爱你。"

每天都这样告白一次。

爱是没有脚的,无法自己到达对方那里。虽然心里说"妈妈,你知道我是爱你的吧",可妈妈又不会读心术。等妈妈离开后再告白就为时已晚了。

趁还来得及赶快告白吧。

养成向妈妈告白的好习惯。

"妈妈,谢谢你在我身边!"

到最后也别忘了我们

妈妈的脑健康计划

在医院体检中心遇到了这样一位妈妈,她是来做阿尔茨海默病检查的,怕孩子们担心,所以她自己来的。等待的过程令人忧心忡忡,妈妈们最害怕的事情就是有朝一日会成为孩子们的累赘,给他们添麻烦。上了年纪的妈妈们都会有一个共同的恐惧——自己万一痴呆了怎么办?如果患了其他疾病,至少意识是清醒的,接受治疗就可以,可痴呆了就会失去意识,到时候连累孩子们因为自己而遭罪都不会知道。

其实女儿们也一样,她们最担心的事莫过于妈妈失去记忆。害怕曾是女儿奴的妈妈突然有一天看到自己会问"你……是谁"。一直把女儿放在心间的妈妈，如果哪一天眼睛变得空洞，对女儿来说是多么陌生和恐惧的事。在这个世上，女儿最难过的事难道不是被妈妈遗忘吗？

很难想象，曾经是唠叨大魔王的妈妈突然有一天不说话了，这是多么令人窒息的事情。"你这么冷漠、刻薄，真是让我担心啊。""还不结婚吗？"这些唠叨声已经听得我的耳朵起茧子了。工作日追到电梯喂我吃维生素的妈妈，突然有一天停止了唠叨，被关进了一个我们想象不到的世界……如果妈妈的脑袋被另一个世界填满，再也没有女儿的位置……光是想象都令人窒息。

想要和妈妈一起留下回忆，一起要做的事情还有那么多，如果突然有一天要面对妈妈不认识女儿的情况，会有一种天塌了的感觉。我也因为突然有一天面对妈妈呆滞的目光，什么都做不了，哪里都去不了的现实而捶胸顿足，后悔不已。

早知道会这样，我就带妈妈去看望住在釜山的舅舅了，她非常牵挂他……她那么在意自己最小的弟弟……她当时多么想去看看因病住院的舅舅……直到妈妈连舅舅都不认识的时候，我才明白一定要把握当下。

妈妈的精神状态不会承诺说永远都正常，当她的精神不再属于她时，就不能再和她分享过去的回忆了，也不能一起聊过去的事情了，属于我们的历史会一下子消失。

为什么突然有一天会忘记一切呢？虽然原因尚未明确，但相关的研究正在继续，治疗药物也在研发中。只要能预防，就应该为之努力。有研究结果显示，这个病的血液糖分浓度与阿尔茨海默病有关，所以减少糖分的摄入也是预防的一个方法。过度摄入糖分，人体内会产生胰岛素抵抗（胰岛素抵抗是指各种原因使胰岛素促进葡萄糖摄取和利用的效率下降，机体代偿性地分泌过多胰岛素产生高胰岛素血症，以维持血糖的稳定），进而有害物质会堆积凝聚在脑细胞中。因此，一定要高度警惕糖分摄入过度。

坚持运动，有能够刺激脑细胞的兴趣爱好，健康的饮食习惯是预防痴呆的三个基本方法。据说经常做手部运动非常好，如果大家之前习惯用右手刷牙，那么现在可以尝试用左手刷，哪怕一周只尝试几次也好。饮食方面可以多吃一些能让大脑功能活跃的坚果。此外，每周至少做 3 次、每次 30 分钟的快走运动。另外，如果长时间独处，患阿尔茨海默病的风险会增加 3 倍，所以最好还是多参加一些社团学习项目和活动。

　　和妈妈一起绘制一幅可以防止她患阿尔茨海默病的大脑健康指南。制订预防痴呆的计划越早越好，可以准备一些富含维生素的蔬菜和水果，如蓝莓、菠菜、牛油果等。如果妈妈的饭量比较小，也可以吃些保健品进行协助。

重新认识妈妈的瞬间

帮妈妈完成愿望清单

某对母女在妈妈生日那天,点燃蛋糕上的蜡烛后开始聊天。

"妈妈的梦想是什么?"

"本来是有的,但很久以前就放弃了。"

"是什么?"

"当厨师。"

"真的呀?不会吧……妈妈做的菜也不好吃呀。"

"别乱说!那都是因为妈妈为了给你们做健康餐才没有放任何调味料,所以才没那么美味。"

"不放调味料也能做得好吃不也是一种本事嘛,妈妈放弃这个梦想简直太对了。"

从小到大,女儿都是心直口快的人。所以无论女儿对妈妈说了什么话,到了妈妈那里都会被消化掉。哪怕女儿朝妈妈扔过去的是手榴弹,到妈妈手里也会变得没有任何杀伤力,直接消失,只因为是女儿。

在一个家庭里,母女是可以共享和理解所有悲伤与欢乐的关系。朋友之间有时也需要看脸色,所以一些不适合对朋友说的伤心事可以告诉妈妈,妈妈可以治愈我们的伤痛。母女关系是即使吵架了也必定会和解的关系。

前文母女的对话继续进行。

"女儿,你也有梦想吧?你的梦想是什么呢?"

"我的梦想?我也在很久之前就放弃了。"

"干得漂亮。一直怀揣着过去的梦想生活会让我们疲惫不堪。妈妈永远会为你今后的生活加油鼓劲,也祝贺你能放弃自己过去的梦想。"

是呀,梦想也是会改变的。没有必要一辈子都记着很

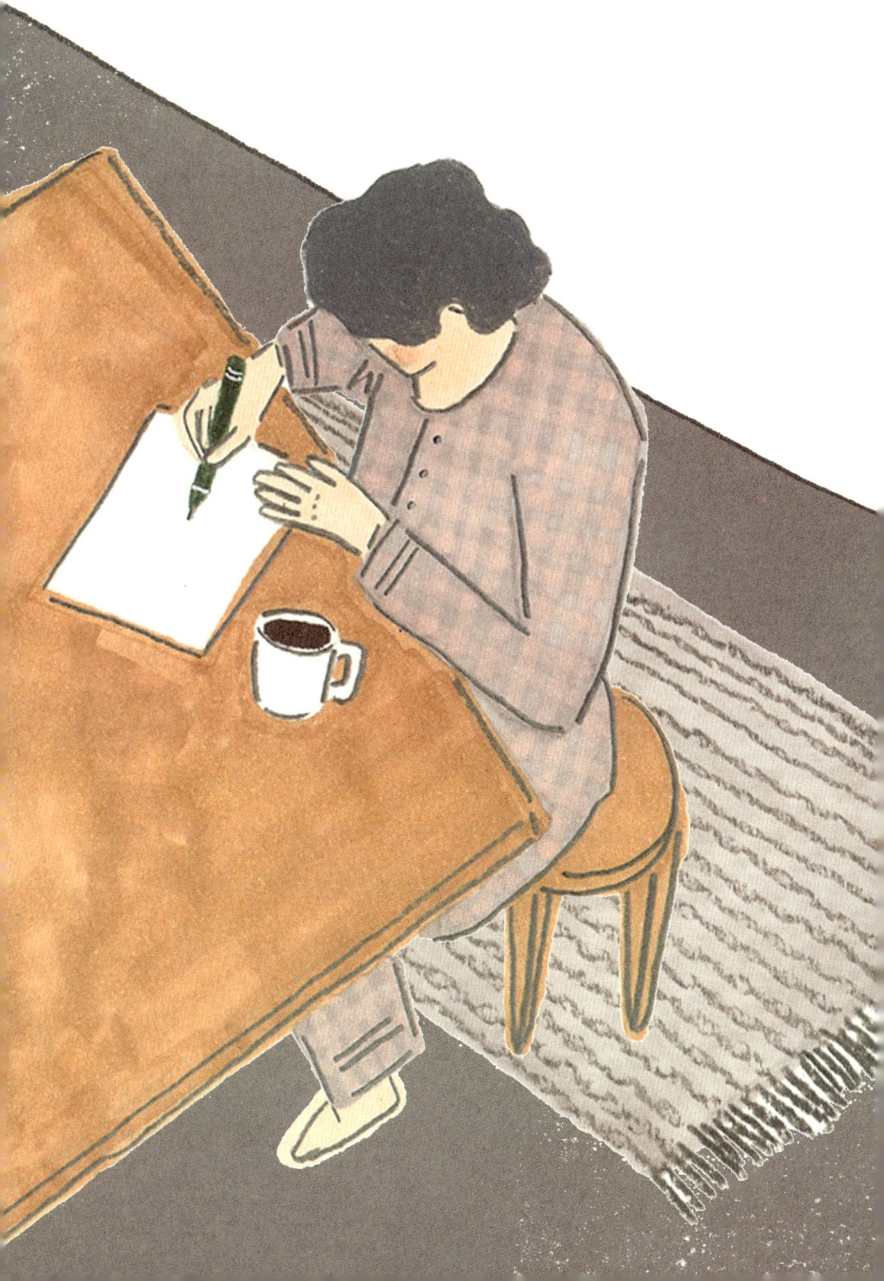

久之前的梦想。有放弃的梦想就会有新的梦想出现，完全没有必要被梦想所牵制。

母女俩的对话继续。

"妈妈，除了以前的梦想以外，有没有想实现的新梦想？"

"有呀，当然有了。"

"是什么？书法？绘画？"

"我的新梦想……也是我人生愿望清单中排在首位的，那就是去美国生活。"

妈妈的梦想竟然是去美国超市买东西，像纽约人一样生活。听说现在因为60多岁的父母想去留学而为他们报托业学习班，全力支持他们进行自我挑战的子女有很多。女儿看着妈妈的眼睛大声说道：

"妈妈，你开始学习吧。"

如果去美国是妈妈目前的梦想，那女儿也有了新的梦想，那就是先陪妈妈去英国伦敦的生态村贝丁顿住上几天。贝丁顿是修建于伦敦南部萨顿地区的生态居住区，也是英国第一个生态居住区。这里的生活用品全部都是回收再利用的，蔬菜全是有机的。为了非常喜欢有利于身体健康的有机蔬菜的妈妈，想和妈妈一起去贝丁顿住上一周，呼吸新鲜空气，吃一些有利于身体健康的有机蔬菜。这就是女儿的新梦想。

女儿的心愿是和妈妈成为梦想合伙人。妈妈过去的梦想虽然已经消失，但为了实现妈妈的新梦想，能像妈妈曾经为我们做的那样，陪在她的身边，为她加油鼓劲，那么女儿也会收获这些加油的力量与幸运。

终有一天会为你实现的旅行

为妈妈选定旅游推荐地

妈妈们的生活有"中年三高"这个说法,即劳累、孤独、痛苦。"难道现在我作为女人的生活已经结束了吗?"这种想法会在心中徘徊。加之子女已经有了自己的生活,在自己的人生中,子女的人生已经成为自己人生的一部分,经常会因为这种负重感而感到疲惫。想找人聊聊,以缓解这种痛苦,结果却又增加了相互比较的痛楚。

妈妈需要释放,需要行走,需要离开。妈妈需要摆脱比较的环境,需要能大口呼吸的时间。妈妈一定要拥有能多走走,多深呼吸,以及一边吃美食,一边晒太阳的时间。

与治疗更年期的药物相比,女儿给妈妈推荐一些旅行地,为她们预订食宿的这份心意一定能成为特效药。只有接受阳光的照射,大脑中分泌的血清素的量才会增加,从而有效消除忧郁感。对于更年期抑郁症来说,非常需要血清素。为妈妈推荐并预约一次能让她满血复活的血清素之旅吧。"妈妈,你和朋友们一起出去旅行吧!"……出去旅行,晒晒太阳,体内维生素 D 的含量也会增加,而维生素 D 能促进产生大量的血清素,这样妈妈的心情就会大为好转。

"等有机会去越南岘港市按摩吧。听说那里的全身按摩很有名。"

"我不会说英语,怎么去呀?"

"不用害怕不会英语。按摩师们能听懂基本的韩语。听说他们会用韩语问'还可以吗?'。他们会给你放松肩颈,缓解大腿、腰部疼痛的地方,妈妈的肘关节不好,他们都会帮你缓解的。瘀堵的地方他们也会集中处理。在岘港,即使做全身按摩也不贵。而且,听说那里的蛋炒饭也非常好吃，到时候一定要让妈妈尝尝。对了，如果按摩需要2小时的话，他们会提前为你准备茶水，千万别喝太多，否则按摩过程中想去卫生间，就会影响心情。"

女儿推荐的旅行地光是想想就令人心旷神怡，妈妈的嘴角不禁上扬。日程安排得很周密，而且还预订了住宿场所，妈妈对女儿的安排很放心。

"妈妈，有朝一日我一定为你安排一次只属于咱们母女俩的最高级的旅行。虽然现在还不行，但总有一天我会为你安排一次海外旅行的。而且还要订为国事访问人员提供食宿的酒店，雇一名无论去哪里都能安全舒适驾驶的司机，不用担心钱的问题，想买什么就买什么，想吃什么就吃什么。"

"光是听听就很开心。"

"但是你还需要等很长时间，所以一定要健健康康的。"

1 秒微笑的力量

面带微笑看着妈妈

家人之间最需要的表情就是对视时的嫣然一笑。无论多累,只要这一个表情,0.1 秒的笑容就能产生让我们坚持 24 小时的力量。

在广播中听过一位妈妈的故事。有一天,她产生了不想活的想法。环顾四周,无可依靠,一片茫然。离家的丈夫没有归期,公婆一味地责怪她。米缸空空如也,生活陷入困境。那天是陷入绝望,想要自我解脱的一天。女儿去上学前给了妈妈一个微笑。她说,虽然女儿没说"妈妈,加油",只是看着她微笑,但就是那个笑容让自己又活了过来。她接着说，如果当时没有女儿的那个笑容，现在是什么样的结果，无从得知。

我还听到过关于某个女儿的故事。结婚时笑着说"一定会幸福地生活下去"的女儿在即将临产前离了婚，回到了娘家。女儿经过漫长的阵痛生下了孩子，但陪自己进产房，阵痛期间在身边拉着自己手的人不是爱人而是妈妈，为此倍感伤心。重新接纳离了婚，还带个孩子的无业女儿，妈妈得多心痛啊，可她还是在女儿最需要的时候紧紧地抓住了女儿的手。

"你聪明伶俐，一定会挺过去的。以后不知道有多少开心、幸福的日子等着你呢。累了的话就回来找妈妈。"

看着妈妈日益消瘦的脸庞，女儿心痛不已，痛哭流涕。但看到妈妈后，她鼓起勇气又重新振作起来，以全新的心态改了名字，进入职场，再次找回了笑容。

送给妈妈灿烂的笑容是想告诉她"我一定会好好生活的"，冲妈妈微笑是想告诉她"我一定能坚持住，不要担心"，面对妈妈时的明朗面庞是想向她表达"感谢你生下了我，以后我一定会好好生活的""我一定会堂堂正正地生活，所以请妈妈以后不要担心"，这是女儿对自己今后生活的决心与保证。

曾听过这样一句话，"人生就如同一个雕像，每当微笑时，这个雕像上就一定会增加点什么。"

妈妈仅凭女儿的一个笑容就能坚持住。虽然在这个世上最想让妈妈过得舒心，但因为这层特殊的关系，女儿只能依靠妈妈。绝对不想把孩子拜托给妈妈照顾，可往往最后还是会让妈妈来照顾自己的孩子。妈妈喜欢和朋友见面，可为了照顾外孙子外孙女而无法去赴约，就这样慢慢老去，令人心痛。这让不得不寻求妈妈帮忙的女儿心碎不已。

妈妈和女儿不一定非得是有好事才笑。即使是过意不去的事，女儿的一个笑容也能融化妈妈的心。即使什么事都没有，妈妈也会因女儿一天一次的笑容而坚持下去。

当和妈妈对视的时候，请一定对她微笑。因为女儿的一个表情，可以让妈妈的心情往返于天堂与地狱之间。

献给赐予我春日的妈妈

和妈妈一起去赏樱花

度过漫长的冬季，跨过上一年的山坡，瞬间樱花绽放。某个春日的某个瞬间，樱花突然绽放！就像不计其数的小星星出现在人们的眼前。

上一年的樱花树在新的一年重新绽放，千万不要错过出现这种感觉的那一周。虽然和朋友一起赏樱花、聊天更有意思，可还是希望大家能在某年的某个春日和妈妈一起去赏樱花，为妈妈留出一个一起赏樱花的位置。

在阳光耀眼的某个春日，怀着激荡的心情陪妈妈一起去赏一次樱花吧。即使汹涌的人潮比花瓣还多，撒满樱花

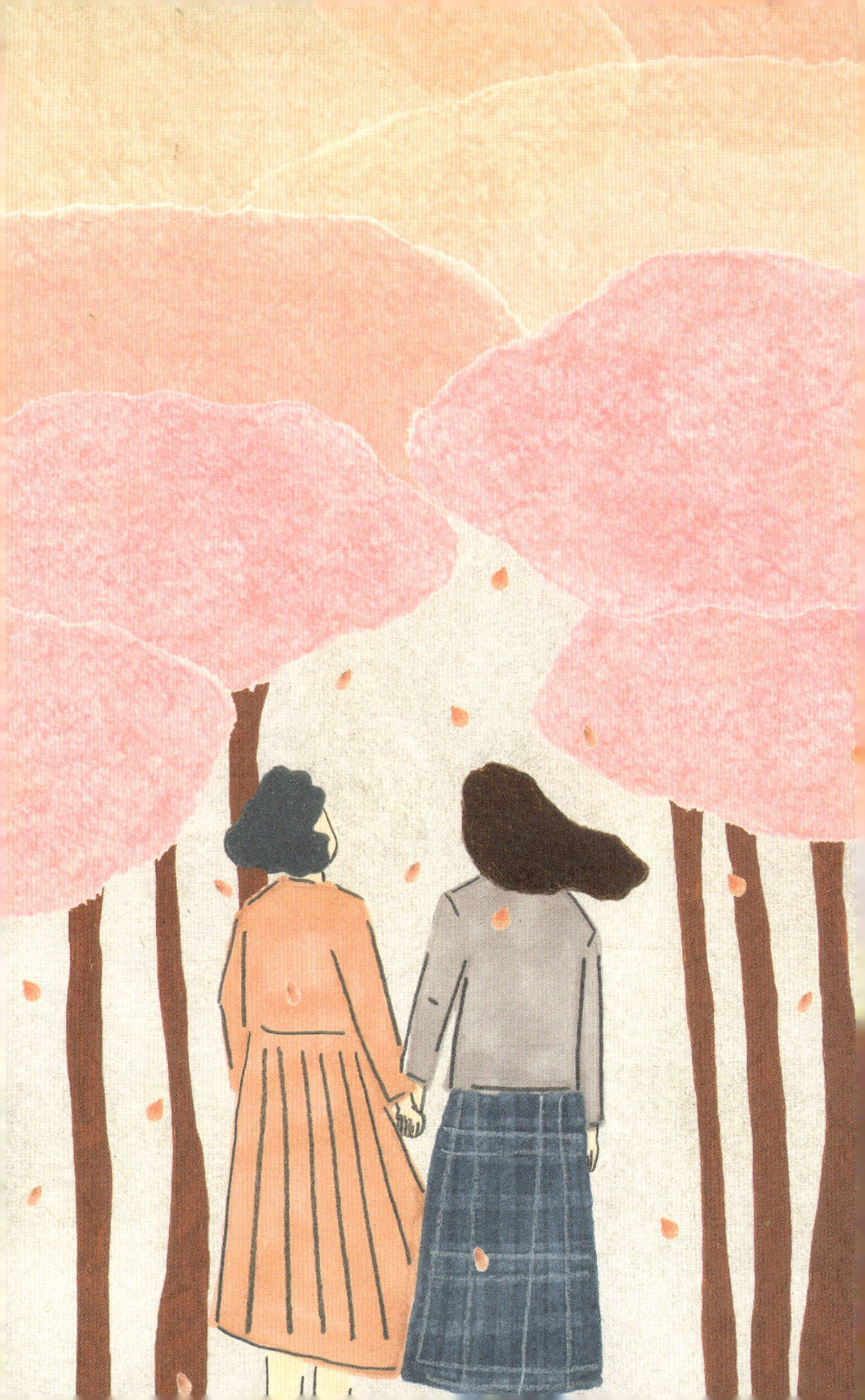

的路上也总是充满了欢乐。赏花人的脸上像开了朵花，赏花人的心间也像开了朵花。即便人潮拥挤，每个人的脸上也充满了笑容，就像郊游途中孩子们的表情一样，尽情释放。和妈妈一起在樱花路上准备好的拍照区拍照留念。和妈妈互为对方尽情地拍照，这也是一种乐趣。三明治和紫菜包饭与赏樱花最相配了。

樱花的花期不长，因为无法等待，所以只要樱花一开，就要立刻去观赏。这种局限性何尝不是一种魅力呢？经过1~2周的盛花期，樱花开始凋谢。这不禁会令人感叹道："花开为悲鸣，花落为凋零。"

走在樱花路上，也许妈妈或女儿会因突然想起的往事而流泪，所以太阳镜是赏花时的必备品。

妈妈为什么变得这么轻

背着妈妈散散步

小时候，妈妈背着我走的回忆还历历在目。妈妈背着我走时，花香扑面而来，清风拂过我的面颊，弄得我痒痒的，不知不觉困意袭来，更是搂紧了妈妈。世上最舒服、最馨香的地方就是妈妈的后背，就算到家了也不愿意从妈妈的后背上下来，所以即使醒了，也会继续装睡，即使想把我放到被窝里，我也不愿意下来。

被妈妈背着走的记忆如此清晰，可我为什么却从没想过背着妈妈走呢？为什么一次都没有背过妈妈呢？

如果再给我哪怕是非常短暂的和妈妈在一起的时间，我将背妈妈一次。像妈妈曾经那样，只要我说"背背"，她就会把后背朝着我并蹲下一样，我也会把我的后背朝向妈妈并蹲下，催促她赶快上来，然后背着像干树叶一般轻盈的妈妈散散步。

　　然而，这份后悔毫无意义。

　　因为妈妈不会一直等着我们。

　　和妈妈在一起的时间并不长。

谢谢你是我妈妈

为妈妈准备生日餐

妈妈生于农历二月十六,那是即将春回大地的时节。每当快到姜知夏女士,也就是我亲爱的妈妈生日的时候,我都会怀着激动的心情为她准备礼物。一边准备,一边想象着妈妈因收到礼物而展露笑颜的样子,即便是不贵重的小礼物。

然而,我却从来没有给妈妈亲手做过一次生日餐。直到高中,妈妈生日那天都是她做给我吃,而我也只是送个礼物而已。到首尔上学以后,妈妈生日时我只要带着买好的礼物回家看望她,她就已经很满足了,至于生日餐都是在饭店解决，真后悔从未亲手为她做过一次生日餐。我很了解老公和孩子都喜欢什么口味的海带汤（在韩国，过生日的时候要喝海带汤），却不清楚妈妈的喜好。我全然不知她是喜欢牛肉海带汤，还是喜欢蛤蜊海带汤，抑或是海鱼炖海带汤……

每当我们过生日的时候，妈妈都会为我们准备海带汤。我们姐妹几个的喜好完全不同，而妈妈却清楚地记得谁生日的时候要准备牛肉海带汤，谁生日的时候则需要准备海胆海带汤，这么多年从未出过错。妈妈去世那天恰巧是姐姐的生日，更为巧合的是丧宴中有一道菜正是姐姐最喜欢的海胆海带汤。感觉就像是妈妈即使离开了，也在为自己的女儿准备生日宴一样。那天，我们姐妹几个边流泪，边喝着妈妈最后一次为我们准备的海胆海带汤。

"姐，你给妈妈亲手做过生日餐吗？"

"没有。"

姐妹四人没有一个亲手为妈妈做过生日餐，而妈妈已离开了我们。

妈妈还在世的时候，亲自为她做一次生日餐吧。即使笨手笨脚又有什么关系。问问妈妈"你喜欢什么口味的海带汤",然后为她做一次。要求再提高一点儿,亲手做个生日蛋糕,再做几道妈妈喜欢吃的小菜,准备一桌精致的生日餐吧。在精心准备的礼物中放入写有如下祝福内容的卡片:

> 我前世积了什么样的福报,今生才成了你的孩子。你能成为我的妈妈是我此生最大的幸运。
>
> 感谢上苍,让我成为你的孩子。
>
> 因为有你,每当我感到痛苦的时候,都会重新拥有力量;因为有你,每当我想流泪的时候,都会开怀一笑;因为有你,每当我跌倒的时候,都会握紧拳头,重新站起来;因为有你,我才能抬头挺胸,仰望天空。
>
> 你是我活下去的理由,是我人生的力量,是我一辈子的靠山。
>
> ×××女士,你的生日就如我自己的生日一样。
>
> 因为这一天是我获得伟大母爱的日子。